瑞蘭國際

瑞蘭國際

我的第一堂德語課

新版

簡單！易懂！最適合華人學習的德語教材！

徐麗姍　著

零基礎！

A1

自序

Lernen macht Spaß. 學習帶來樂趣。

書與讀者的相遇，絕對是一種緣分。

書海茫茫，網路資訊爆量，而你正閱讀著我編的教材？

你說是機率？我卻感謝緣分！

或許你是著意地尋找一本適合自己的德語自學教材，或許是在實體書店或網路平台上漫無目的的瀏覽，然後不經意看到這本《我的第一堂德語課》，隨手翻翻它，那是我們前世的因；待你發覺這本書有趣，而擁有它，又讓它教你些什麼，那就是我們今生的緣了。

Hallo，你好！ Guten Tag！

一直以來，希望能編輯一本實用又有趣的書，它單純、並且步驟分明，加入多元的延伸資料，且是以我們的學習習慣、學習步調和關注品味為考量的教材，很幸運地，這就是這本書的設計理念！

本書大約等同歐洲共同語言能力分級架構的A1等級，主題涵蓋食、衣、住、行、育、樂，總共十一課，內容包含：德語字母和發音、文法規則整理、與人接觸的「你好，漢娜」、電腦網路的「電腦壞了」、民以食為天的「我們一起做飯」、時尚流行的「人要衣裝」、生活瑣事的「新的一天開始了」、無殼蝸牛的「夢寐以求的住所」、身體病痛的「您為自己的健康做什麼」、移動問題的「城市與交通」、放鬆自己的「休閒活動」。

而每一課當中，又可細分為七個小單元：第一至第五單元是課文部分，皆為輕量的短文或對話，提供主題相關的重要基礎字彙，與句子架構的文法解說。第六單元「夯字彙」+「夯常識」，則蒐集與主題相關的新鮮字彙，或成語、諺語，或歌曲，或食譜，或

表格。在風土民情的認識上，資料更是繽紛，有德國最常見的姓氏和名字、德國各地的傳統服飾、社區管理規則，以及柏林如何紀念柏林圍牆倒塌二十五週年等等。這個部分花了許多時間篩選資料加以編寫，也是我最自得其樂的部分。至於第七單元「換你寫寫看」，屬於課後練習，附有解答，讓你小試身手。

說明介紹至此，精打細算的人早已察覺本書內容豐富，CP值很高，你可以依照自己的需要，取用書中材料，搭配朗讀音檔QR Code聽、誦讀，並配合解說文字慢慢理解。

禪詩有云：「掬水月在手，弄花香滿衣。」

以手捧水欲飲，喜見月映手中；賞花入花叢，竟薰得滿身花香！

祈願你透過此書認識德語，輕鬆學習，享受樂趣！

最後，謹以此書向台北書院山長林谷芳老師致敬，受老師啟發，得以更輕鬆自由的心，包納更多元的內容，是我的福氣。

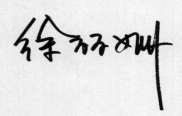

如何使用本書

《我的第一堂德語課》是作者根據多年教學經驗，特別為德語初學者規劃的學習書。全書共有十一課，分成三大部分：

PART 1 第1課：字母與發音

德語共有三十個字母，是以大家熟悉的二十六個英語字母，加上四個特殊的字母所組成。本書除了用學習者最熟悉的注音符號輔助學習之外，並以表格整理出字母、字母的唸法、字母所標示的音，以及雙母音、子音的組合，讓您學習德語發音更容易！

I. 下列表格整理出字母、字母的唸法、字母所標示的音：◀MP3-01

字母	字母的唸法	字母所標示的音
A	〔aː〕	張大嘴巴，發出「ㄚ」的聲音	長音〔aː〕或短音〔a〕
B	〔beː〕	發出像「ㄅㄝ」的聲音	〔p〕〔b〕
C	〔tseː〕	發出像「ㄘㄝ」的聲音	〔ts〕〔k〕
D	〔deː〕	發出像「ㄉㄝ」的聲音	〔d〕〔t〕
E	〔eː〕	嘴角向兩側拉開，發出扁的「ㄝ」的聲音	長音〔eː〕或短音〔ɛ〕或輕音〔ə〕
F	〔ɛf〕	先發出短促的「ㄝ」，然後將上門牙輕觸下唇，氣流通過其間的縫隙，組合成〔ɛf〕	〔f〕
G	〔geː〕	發出長而扁的聲音「ㄍㄝ」	〔g〕〔k〕〔ɪç〕〔ʒ〕
H	〔haː〕	張開嘴發出「ㄏㄚ」的聲音	〔h〕〔ː〕
I	〔iː〕	發出扁平的「一」長音	長音〔iː〕或短音〔ɪ〕
J	〔jɔt〕	像是「一ㄛㄊ」的聲音	〔j〕〔ʒ〕〔dʒ〕
K	〔kaː〕	唸出長長的「ㄎㄚ」	〔k〕
L	〔ɛl〕	發出短音的「ㄝ」，緊接著將舌頭前端接觸上牙齦	〔l〕

德語發音

用注音符號輔助學習德語字母的發音，並表格整理雙母音，以及子音的組合。

MP3音檔序號

由作者及專業德語教師錄製發音＋朗讀音檔，自然而然學好德語！

II. 雙母音：◀MP3-02

雙母音		雙母音所標示的音
AI EI AY EY	〔aɪ〕	就是〔a〕和〔ɪ〕的連音，先發「ㄚ」，然後滑向「一」，合成「ㄞˋ」。
AU	〔au〕	就是〔a〕和〔u〕的連音，先發「ㄚ」，然後滑向「ㄨ」，合成「ㄠˋ」。
EU ÄU	〔ɔy〕	就是〔ɔ〕和〔y〕的連音，就像「ㄛ」加上輕輕的「ㄩ」。
IE	〔iː〕	兩個母音的組合，只發出單音。嘴角向兩側拉開，唸出長而扁的「一ˋ」。

III. 子音的組合：◀MP3-03

子音組合		子音組合所標示的音
CH 的組合	〔ç〕〔x〕	在漢語中沒有〔ç〕的聲音，類似「ㄏ一」的氣音。〔x〕類似「ㄏㄜˊ」的氣音。CH在母音 A、O、U、AU後方，發〔x〕。CH在其他母音後方，發〔ç〕。
NG的組合	〔ŋ〕	發出類似「ㄥ」的聲音。
NK的組合	〔ŋk〕	發出類似「ㄥ」的鼻音，然後加上輕輕的「ㄎ」。

PART 2 第2課：文法規則

本單元以清楚易懂的表格，說明德語「名詞」、「人稱」、「代名詞」、「動詞」、「助動詞」、「介係詞」、「連接詞」、「命令句型」、「四種句型」等九種德語的文法結構，提供您學習德語前的基本概念，讓您能迅速掌握德語特性。

I. 名詞：

1. 定冠詞：

	單數名詞	複數名詞	簡單標記法
陽性（定冠詞的）名詞	der Stuhl	die Stühle	r. (m.) Stuhl, ̈e
中性名詞	das Regal	die Regale	s. (n.) Regal, -e
陰性名詞	die Lampe	die Lampen	e. (f.) Lampe, -n

名詞
表格式規納統整，清楚易懂。

II. 人稱、代名詞：

1. 人稱：

單數人稱：ich（我）、du（你）、er（他）、sie（她）、Sie（您）（永遠大寫）
複數人稱：wir（我們）、ihr（你們）、sie（他們）、Sie（您們）（永遠大寫）

人稱、代名詞
重點說明人稱、代名詞的特性與變化，一目了然。

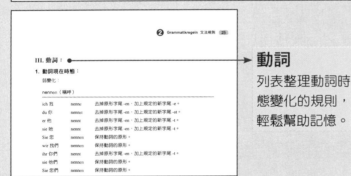

動詞
列表整理動詞時態變化的規則，輕鬆幫助記憶。

介係詞
分組說明介係詞的意義與用法，一點就通。

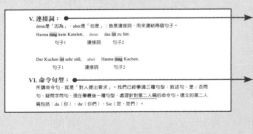

連接詞
對照呈現兩個最基礎的連接詞，立刻就能運用自如。

命令句型
針對第二人稱的命令句，清楚的解說加上例句，讓您過目不忘。

VII. 四種句型：

1. 敘述句：

Ich schwimme gut. 我游泳游得好。 → 動詞在第二單位。

四種句型
再次用實用例句對照德語最常用的四種句型，打下最扎實的根基。

PART 3 第3課～第11課：學習本文

在學習發音、文法規則之後，進入正式課程。從日常生活中的食、衣、住、行、育、樂等著手，完全沒有基礎的學習者可以從活潑實用的會話以及重點學習裡的句型與文法規則說明、重點單字，由淺入深，有系統地學習並學會德語，聽、說、讀、寫的實力就在扎扎實實地學習中逐步累積。

Schwerpunkte der Lektion 學習重點

Inhalt 內容：

1. 自我介紹、問候他人、道別——姓名、早安、你好、晚安、請、謝謝、對不起、再見
2. 個人資料——國籍、語言、居住地、年齡、手機號碼
3. 人的外貌與性情
4. Jetzt sind Sie an der Reihe! 換你寫寫看！——練習題
5. IN夯字彙：「十二生肖」與「西洋星座」
6. IN夯常識：德國最常見的「姓氏」和「名字」

> **學習重點**
> 每課都有「內容」和「句型與文法規則」介紹，讓您在學習前有提綱挈領的全面了解。

1.

Hanna 漢娜	Guten Tag! Ich heiße Hanna Miller. Wie heißen Sie? 你好！我叫漢娜米勒。您叫什麼名字？
Peter 彼得	Ich heiße Peter Beier. 我叫彼得拜爾。
Luisa 路易莎	Mein Name ist Luisa Brunner. 我的名字是路易莎布入納。

> **本文**
> 依照課程學習主軸，每課皆有模擬情境會話或實用句子，內容生動有趣。

重點學習

1. es gibt（有）：

結構上：「es」是主詞，「gibt」為動詞，連接「Akkusativ受詞」。主詞固定為「es」，不可更換。絕不可用人稱當作主詞。與「haben」不同。

意義上：兩個字構成一個意思「有」。

· haben：

Ich habe ein paar Brötchen. 我有一些小麵包。

Jonas hat Käse. 約拿斯有乳酪。

Hast du Marmelade? 你有果醬嗎？

· es gibt：

Es gibt in Taipei viele Restaurants. 在台北有許多餐廳。

Gibt es hier auch Kinos? 這裡也有電影院嗎？

Wo gibt es hier ein Restaurant? 這邊哪裡有餐廳？

2. 重要單字：das Lebensmittel, -（食物）◀MP3-42

die Kartoffel, -n 馬鈴薯	der Wurstaufschnitt 香腸片
der Reis 米、飯	der Salat 生菜沙拉

> **重點學習**
> 重點說明當課主要文法與句型，並附有例句，幫助熟練句型。

> **重要單字**
> 精選當課的重點生字及延伸單字，加深記憶，累積基礎字彙量。

 **Wortschatz** 字彙 ◀MP3-73

Ein Kinderlied 童謠一首

Grün, grün, grün sind alle meine Kleider. 我所有衣服都是綠的。
Grün, grün, grün ist alles, was ich habe. 我所有的一切都是綠的。
Darum liebe ich alles, was so grün ist, 我之所以會愛一切綠色的東西，
weil mein Schatz ein Jäger ist. 因為我的愛人是獵人。

夯字彙
蒐集與主題相關的新鮮字彙，
學習更多元的德語。

 **Landeskunde** 常識

德國的傳統服飾

德國從北到南，幾乎每個地區的傳統服飾皆不相同，各有特色、各擅勝場，絕對能
抓住人們的目光。

18世紀，工業革命逐漸為市民階級帶來財富，人們開始使用各種顏色的布料來裁製
衣服，並且以寶石、珍珠等等加以裝飾，於是傳統服飾變得愈來愈精緻，顯得愈加

夯常識
精選德國相關的文化小常識，
學習德語的同時也能認識繽紛
的德國文化。

Übungen: Jetzt sind Sie an der Reihe.
練習：換你寫寫看。

I. 配配看：

| Ich heiße Paul. | Guten Tag! Mein Name ist Miller. | Nein, ich heiße Beck. |

1. A：Guten Tag, ich heiße Beck.　B：_____
2. A：Sind Sie Frau Miller?　B：_____
3. A：Wie heißt du?　B：

換你寫寫看
在每一課的最後，立即就有小
測驗可以練習，隨時跟上學習
步調。

附錄

附有「本書所有動詞的完成時態」以及全書練習題的解答，好查詢、好複習，是學
完德語正課最好的輔助學習資料！

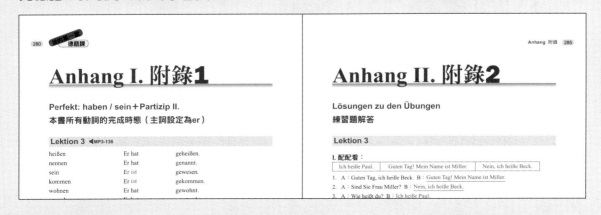

Anhang I. 附錄1

Perfekt: haben / sein＋Partizip II.
本書所有動詞的完成時態（主詞設定為er）

Lektion 3 ◀MP3-138

heißen	Er hat	geheißen.
nennen	Er hat	genannt.
sein	Er ist	gewesen.
kommen	Er ist	gekommen.
wohnen	Er hat	gewohnt.

Anhang II. 附錄2

Lösungen zu den Übungen
練習題解答

Lektion 3

I. 配配看：

| Ich heiße Paul. | Guten Tag! Mein Name ist Miller. | Nein, ich heiße Beck. |

1. A：Guten Tag, ich heiße Beck.　B：Guten Tag! Mein Name ist Miller.
2. A：Sind Sie Frau Miller?　B：Nein, ich heiße Beck.
3. A：Wie heißt du?　B：Ich heiße Paul.

目次　Inhaltsverzeichnis

如何掃描 QR Code 下載音檔

1. 以手機內建的相機或是掃描 QR Code 的 App 掃描封面的 QR Code。
2. 點選「雲端硬碟」的連結之後,進入音檔清單畫面,接著點選畫面右上角的「三個點」。
3. 點選「新增至『已加星號』專區」一欄,星星即會變成黃色或黑色,代表加入成功。
4. 開啟電腦,打開您的「雲端硬碟」網頁,點選左側欄位的「已加星號」。
5. 選擇該音檔資料夾,點滑鼠右鍵,選擇「下載」,即可將音檔存入電腦。

第 1 課

Lektion eins

Buchstaben und Aussprache
字母與發音

Schwerpunkte der Lektion 學習重點

Inhalt 內容：

1. 德語發音規則
2. 認識字母
3. 字母的唸法
4. 字母所標示的音
5. 雙母音
6. 子音的組合

德文是拼音文字，由字母組構成字，而且字母就是音標。德文字典和英文字典不同，它不會為每一個單字註明音標，只有不按照德文發音規則的外來字會有音標的標注，所以認識字母與發音規則是開口說德文的第一步。

德文共有30個字母，是以大家熟悉的26個英文字母，加上 ß、Ä、Ö、Ü四個特殊的字母所組成。其中 A、E、I、O、U、Ä、Ö、Ü這八個是母音功能的字母，其他字母都是子音功能。此外，還有雙母音、雙子音，以及必須注意的字母組合。

母音有長音、短音的分別：

長音：母音後方是 h，例如 ruhig、früh，或重疊母音 aa、ee，例如 Staat、Tee等。

短音：母音後方有超過一個子音字母時，例如：ich、zurück、frisch、essen、Stadt等。

I. 下列表格整理出字母、字母的唸法、字母所標示的音：◀MP3-01

字母	字母的唸法		字母所標示的音
A	〔a:〕	張大嘴巴，發出「ㄚ」的聲音	長音〔a:〕或短音〔a〕
B	〔be:〕	發出像「ㄅㄟ」的聲音	〔p〕〔b〕
C	〔tse:〕	發出像「ㄘㄟ」的聲音	〔ts〕〔k〕
D	〔de:〕	發出像「ㄉㄟ」的聲音	〔d〕〔t〕
E	〔e:〕	嘴角向兩側拉開，發出扁扁的「ㄟ」的聲音	長音〔e:〕或短音〔ɛ〕或輕音〔ə〕
F	〔ɛf〕	先發出短促的「ㄟ」，然後將上門牙輕觸下唇，氣流通過其間的縫隙，組合成〔ɛf〕	〔f〕
G	〔ge:〕	發出長而扁的聲音「ㄍㄟ」	〔g〕〔k〕〔ıç〕〔ʒ〕
H	〔ha:〕	張開嘴發出「ㄏㄚ」的聲音	〔h〕〔:〕
I	〔i:〕	發出扁平的「一」長音	長音〔i:〕或短音〔ı〕
J	〔jɔt〕	像是「一ㄛㄊ」的聲音	〔j〕〔ʒ〕〔dʒ〕
K	〔ka:〕	唸出長長的「ㄎㄚ」	〔k〕
L	〔ɛl〕	發出短音的「ㄟ」，緊接著將舌頭前端接觸上牙齦	〔l〕

字母		字母的唸法	字母所標示的音
M	〔ε m〕	發出短音的「ㄝ」，然後雙唇閉攏，迫使氣流從鼻腔通過	〔m〕
N	〔ε n〕	發出「ㄝㄣ」的聲音，舌尖頂住上牙齦	〔n〕
O	〔o:〕	雙唇稍微用力縮成圓形，發出「ㄛ」長音	長音〔o:〕或短音〔ɔ〕
P	〔pe:〕	發出「ㄆㄝ」長音	〔p〕
Q	〔ku:〕	發出「ㄎㄨ」的聲音	組成 Qu，發出〔kv〕的子音組合
R	〔ε r〕	先發「ㄝ」，然後發輕聲的「ㄏ」	〔r〕〔ɐ〕 〔r〕是小舌顫音。不過不必在意是否產生震顫，只要輕輕發出「ㄏ」即可 〔ɐ〕是 -er音節處於非重音時，發出輕短的滑音「ㄝㄚ」
S	〔ε s〕	先發短促的「ㄝ」，然後發出「ㄙ」的聲音	〔s〕〔z〕〔ʃ〕
T	〔te:〕	發出「ㄊㄝ」長音	〔t〕〔ts〕
U	〔u:〕	雙唇緊縮成最小圓形，發出「ㄨ」的聲音	長音〔u:〕或 短音〔u〕
V	〔fau〕	發出「ㄈㄠ」的聲音	〔f〕〔v〕
W	〔ve:〕	上門齒輕觸下唇，結合「ㄝ」，唸出聲音	〔v〕
X	〔ɪks〕	將「ㄧㄎㄙ」組合起來，短促地滑唸過去	〔ks〕

字母	字母的唸法		字母所標示的音
Y	〔ypsɪlɔn〕	唸出輕而短的「ㄩ」，掌握訣竅之後，再將幾個音組合起來「ㄩㄆㄙㄧㄌㄛㄣ」，分成三段，輕快地滑唸過去	長音〔y:〕或短音〔y〕
Z	〔tsɛt〕	短促的「ㄘㄝ」，加上尾音「ㄊ」	〔ts〕
ß	〔ɛs tsɛt〕	將 S 和 Z 兩個字母組合起來一起唸「ㄝ」，「ㄙ」＋「ㄘㄝ」，加上尾音「ㄊ」	〔s〕
Ä	〔A-Umlaut〕		長音〔ɛ:〕或短音〔ɛ〕 發出扁平「ㄝ」的聲音，將這個嘴形稍微放鬆，發出較寬鬆的短音〔ɛ〕。
Ö	〔O-Umlaut〕		長音〔Ø:〕或短音〔œ〕 發出扁平的「ㄝ」，維持著聲音，然後雙唇圈攏成圓形，此時的圓唇長音就是〔Ø:〕。將這個嘴形稍微放鬆，發出較寬鬆的短音〔œ〕。
Ü	〔U-Umlaut〕		長音〔y:〕或短音〔y〕 發出最扁平的「ㄧ」，維持著聲音，然後雙唇圈攏成圓形，此時的圓唇長音就是〔y:〕。將這個嘴形稍微放鬆，發出較寬鬆的短音〔y〕。

II. 雙母音：◀MP3-02

雙母音		雙母音所標示的音
AI EI AY EY	〔aɪ〕	就是〔a〕和〔ɪ〕的連音 先發「ㄚ」，然後滑向「一」，合成「ㄞˋ」。
AU	〔au〕	就是〔a〕和〔u〕的連音，先發「ㄚ」，然後滑向「ㄨ」，合成「ㄠˋ」。
EU ÄU	〔ɔy〕	就是〔ɔ〕和〔y〕的連音，就像「ㄛ」加上輕輕的「ㄩ」。
IE	〔i:〕	兩個母音的組合，只發出單音。 嘴角向兩側拉開，唸出長而扁的「一ˋ」。

III. 子音的組合：◀MP3-03

子音組合		子音組合所標示的音
CH 的組合	〔ç〕〔x〕	在漢語中沒有〔ç〕的聲音，類似「ㄏ一」的氣音。 〔x〕類似「ㄏㄜ·」的氣音。 CH在母音 A、O、U、AU後方，發〔x〕。 CH在其他母音後方，發〔ç〕。
NG的組合	〔ŋ〕	發出類似「ㄥ」的聲音。
NK的組合	〔ŋk〕	發出類似「ㄥ」的鼻音，然後加上輕輕的「ㄎ」。
PF的組合	〔pf〕	從〔p〕迅速滑向〔f〕，在唇齒之間發出聲音。
PH的組合	〔f〕	
QU的組合	〔kv〕	從〔k〕迅速滑向〔v〕。
SCH的組合	〔ʃ〕	雙唇輕鬆地微突，發出「ㄒㄩ」，嘴形不可太用力突出。
TSCH的組合	〔tʃ〕	輕鬆地發出「ㄑㄩ」，切記嘴形不可太用力突出。
SP的組合	〔ʃp〕或〔sp〕	SP在字首時，發〔ʃp〕的聲音。 SP不在字首時，發〔sp〕。 從〔ʃ〕或〔s〕迅速滑向〔p〕。

子音組合	子音組合所標示的音	
ST的組合	〔ʃt〕或〔st〕	ST在字首時，發〔ʃt〕的聲音。 ST不在字首時，發〔st〕。 從〔ʃ〕或〔s〕迅速滑向〔t〕。
TZ的組合	〔ts〕	發出「ㄘ」的聲音。

第 **2** 課

Lektion zwei

Grammatikregeln
文法規則

Schwerpunkte der Lektion 學習重點

Inhalt 內容：

1. 名詞：定冠詞、不定冠詞、Akkusativ（名詞第四格）、Dativ（名詞第三格）、所有格＋名詞第一格 Nominativ、所有格＋名詞第四格 Akkusativ、不可數名詞
2. 人稱
3. 代名詞：代名詞的變形 Akkusativ / Dativ、指定代名詞、man
4. 動詞：動詞現在時態、動詞完成時態、可分離動詞
5. 助動詞
6. 介係詞：
   a. in、an、auf、vor、hinter、über、unter、neben、zwischen
   b. aus、von、nach、zu、bei、seit、mit
   c. für、gegen、durch、um
7. 連接詞
8. 命令句型
9. 四種句型

I. 名詞：

1. 定冠詞：

	單數名詞	複數名詞	簡單標記法
陽性名詞	der Stuhl	die Stühle	r. (m.) Stuhl, ¨e
中性名詞	das Regal	die Regale	s. (n.) Regal, -e
陰性名詞	die Lampe	die Lampen	e. (f.) Lampe, -n

2. 不定冠詞：

	單數名詞	複數名詞
陽性名詞	der Stuhl	die Stühle
	ein Stuhl	- Stühle
	kein Stuhl	keine Stühle
中性名詞	das Regal	die Regale
	ein Regal	- Regale
	kein Regal	keine Regale
陰性名詞	die Lampe	die Lampen
	eine Lampe	- Lampen
	keine Lampe	keine Lampen

3. 受詞（Akkusativ）（或稱：名詞第四格）：

	單數名詞	Akkusativ	複數名詞	Akkusativ
陽性名詞	der Stuhl	den Stuhl	die Stühle	die Stühle
	ein Stuhl	einen Stuhl	- Stühle	- Stühle
	kein Stuhl	keinen Stuhl	keine Stühle	keine Stühle
中性名詞	das Regal	das Regal	die Regale	die Regale
	ein Regal	ein Regal	- Regale	- Regale
	kein Regal	kein Regal	keine Regale	keine Regale

	單數名詞	Akkusativ	複數名詞	Akkusativ
陰性名詞	die Lampe	die Lampe	die Lampen	die Lampen
	eine Lampe	eine Lampe	Lampen	Lampen
	keine Lampe	keine Lampe	keine Lampen	keine Lampen

4. 受詞（Dativ）（或稱：名詞第三格）：

	Akkusativ		Dativ	
der Arzt	den Arzt	einen Arzt	dem Arzt	(k)einem Arzt
das Kind	das Kind	ein Kind	dem Kind	(k)einem Kind
die Frau	die Frau	eine Frau	der Frau	(k)einer Frau
die Leute	die Leute	-- Leute	den Leuten	-- (keinen) Leuten

5. 所有格＋名詞：

所有格＋名詞第一格 Nominativ：

人稱	所有格＋陽性名詞（der）	所有格＋中性名詞（das）	所有格＋陰性名詞（die）	所有格＋複數名詞（die）
ich 我	mein Hut	mein T-Shirt	meine Jacke	meine Socken
du 你	dein Hut	dein T-Shirt	deine Jacke	deine Socken
er 他	sein Hut	sein T-Shirt	seine Jacke	seine Socken
sie 她	ihr Hut	ihr T-Shirt	ihre Jacke	ihre Socken
wir 我們	unser Hut	unser T-Shirt	unsere Jacke	unsere Socken
ihr 你們	euer Hut	euer T-Shirt	euere Jacke	euere Socken
sie 他們	ihr Hut	ihr T-Shirt	ihre Jacke	ihre Socken
Sie 您（們）	Ihr Hut	Ihr T-Shirt	Ihre Jacke	Ihre Socken

＊ 請注意：euer＋字尾 e時，必須去除字中之 -e。

所有格＋名詞第四格 Akkusativ：

人稱	所有格＋陽性名詞den	所有格＋中性名詞das	所有格＋陰性名詞die	所有格＋複數名詞die
ich 我	meinen Hut	mein T-Shirt	meine Jacke	meine Socken
du 你	deinen Hut	dein T-Shirt	deine Jacke	deine Socken
er 他	seinen Hut	sein T-Shirt	seine Jacke	seine Socken
sie 她	ihren Hut	ihr T-Shirt	ihre Jacke	ihre Socken
wir 我們	unseren Hut	unser T-Shirt	unsere Jacke	unsere Socken
ihr 你們	eueren Hut	euer T-Shirt	euere Jacke	euere Socken
sie 他們	ihren Hut	ihr T-Shirt	ihre Jacke	ihre Socken
Sie 您（們）	Ihren Hut	Ihr T-Shirt	Ihre Jacke	Ihre Socken

＊ 請注意：euer＋字尾 e / en時，必須去除字中之 -e。

6. 不可數名詞：

不可數名詞是不能用數字直接計算的名詞，通常使用量詞計算數量。

量詞：

die Tasse, -n 瓷杯	eine Tasse / zwei Tassen Kaffee 一 / 兩杯咖啡
das Glas, ¨er 玻璃杯、玻璃罐	ein Glas / drei Gläser Milch 一 / 三杯牛奶 ein Glas / drei Gläser Marmelade 一 / 三罐果醬
die Schale, -n 碗	eine Schale / vier Schalen Müsli 一 / 四碗什錦麥片
die Flasche, -n 瓶	eine Flasche / fünf Flaschen Mineralwasser 一 / 五瓶礦泉水
die Dose, -n 鋁罐	eine Dose / sechs Dosen Cola 一 / 六罐可樂

大量或少量：

不可用數字直接計量的名詞			可以用數字直接計量的名詞		
viel 很多	etwas 一些	wenig 很少	viele 很多	ein paar 一些	wenige 很少
Butter（奶油）、Marmelade（果醬）、Honig（蜂蜜）、Brot（麵包）、Käse（乳酪）、Schinken（火腿）、Müsli（什錦麥片）、Obst（水果）、Kaffee（咖啡）、Tee（茶）、Mineralwasser（礦泉水）			Brötchen（小麵包）、Tassen（磁杯）、Gläser（玻璃杯）、Schalen（碗）、Dosen（鋁罐）、Flaschen（瓶）		

II. 人稱、代名詞：

1. 人稱：

單數人稱：ich（我）、du（你）、er（他）、sie（她）、Sie（您）（永遠大寫）

複數人稱：wir（我們）、ihr（你們）、sie（他們）、Sie（您們）（永遠大寫）

2. 代名詞：er、es、sie、複數 sie

用來取代再次出現的定冠詞名詞，不分有生命或無生命名詞，完全取決於定冠詞。

er取代定冠詞為 der的陽性名詞，

es取代定冠詞為 das的中性名詞，

sie取代定冠詞為 die的陰性名詞，

sie取代定冠詞為 die的複數名詞。

3. 代名詞：受格 Akkusativ / Dativ

	Akkusativ	Dativ
ich	mich	mir
du	dich	dir
er	ihn	ihm
es	es	ihm

	Akkusativ	Dativ
sie	sie	ihr
sie (Plural)	sie	ihnen
Sie	Sie	Ihnen

4. 指定代名詞：

用途：取代再次出現的<u>定冠詞名詞</u>，避免重複，與代名詞「er」、「es」、「sie」的功用相同。但是指定代名詞用於<u>日常口語溝通時</u>。

外形：借用<u>定冠詞</u>來做指定代名詞。

例如：

<u>Der</u> Stuhl da.	-- Der ist alt.
<u>Das Regal</u> hier.	-- Das ist praktisch.
<u>Die Lampe</u> rechts.	-- Die ist teuer.
<u>Die Vorhänge</u> oben.	-- Die sind schön.

受格 Akkusativ：

Wie findest du <u>den Stuhl</u> da?	-- Den finde ich alt.
<u>das Regal</u> hier?	-- Das finde ich praktisch.
<u>die Lampe</u> rechts?	-- Die finde ich teuer.
<u>die Vorhänge</u> oben?	-- Die finde ich schön.

5. man：

文法規則上：指人，但是不特定指誰的代名詞，通常指的是大眾。

文法規定這個字為第三人稱單數：Man isst abends kalt.

意義上：人們、大家。

III. 動詞：

1. 動詞現在時態：

弱變化：

nennen（稱呼）

ich 我	nenne	去掉原形字尾 -en，加上規定的新字尾 -e。
du 你	nennst	去掉原形字尾 -en，加上規定的新字尾 -st。
er 他	nennt	去掉原形字尾 -en，加上規定的新字尾 -t。
sie 她	nennt	去掉原形字尾 -en，加上規定的新字尾 -t。
Sie 您	nennen	保持動詞的原形。
wir 我們	nennen	保持動詞的原形。
ihr 你們	nennt	去掉原形字尾 -en，加上規定的新字尾 -t。
sie 他們	nennen	保持動詞的原形。
Sie 您們	nennen	保持動詞的原形。

強變化：

強變化只有在第二人稱單數「du」和第三人稱單數「er」、「sie」的變化上，與弱變化的規則不同，其他人稱的變化規則與弱變化相同。強變化動詞「er」的形式必須強記，「du」的形式是從「er」做變化。

nehmen (er nimmt) 取用

ich 我	nehme	與弱變化同：去掉原形字尾 -en，加上規定的字尾 -e。
du 你	nimmst	以er nimmt為依據，去掉字尾 -t，成為nimm，加上字尾 -st。
er 他	nimmt	強記。
sie 她	nimmt	強記。
Sie 您	nehmen	與弱變化同：保持動詞的原形。
wir 我們	nehmen	與弱變化同：保持動詞的原形。
ihr 你們	nehmt	與弱變化同：去掉原形字尾 -en，加上規定的字尾 -t。

| sie 他們 | nehmen | 與弱變化同：保持動詞的原形。 |
| Sie 您們 | nehmen | 與弱變化同：保持動詞的原形。 |

完全不規則的動詞 sein：無規則可循，只能強記。

ich	bin	wir	sind
du	bist	ihr	seid
er / sie / es	ist	sie	sind

2. 動詞完成時態：

完成時態是以兩個單位來結構：a. 用「haben」或「sein」放置在動詞的位置；b. 動詞變化成過去分詞放置於句尾。

a.用「haben」或「sein」放置在動詞的位置：使用「haben」結構完成時態的動詞，遠多於使用「sein」結構完成時態的動詞，所以只要先弄清楚哪些動詞使用「sein」，其餘都是「haben」。

使用「sein」的情況：

「bleiben」、「sein」兩個動詞一定用「sein」結構。

〔不及物動詞＋具有行動移動之意義〕，如：gehen、fahren、kommen等。

〔不及物動詞＋具有狀況改變之意義〕，如：aufwachen（甦醒）、einschlafen（入睡）等。

b. 動詞變化成過去分詞放置於句尾：過去分詞的變形，分為強變化和弱變化。大多數動詞屬於弱變化，是以動詞原形依循規則來變化。強變化則必須強記。

弱變化規則：

	動詞原形	過去分詞	
一般動詞	machen	ge mach t	原形去除字尾，前方加 ge，後方加 t。 大部分弱變化屬於這一型。
	kaufen	ge kauf t	
	arbeiten	ge arbeit et	
可分離動詞	auf / machen	aufgemacht	在動詞前方加上前加音節。
	ein / kaufen	eingekauft	

	動詞原形	過去分詞	
有 -ieren字串的動詞	studieren	~~ge~~ studie t	前方不加 ge，只變化字尾。
	telefonieren	~~ge~~ telefonier t	
有八個字頭如：be- / ver- / er-等等	besuchen	~~ge~~ besuch t	前方不加ge，只變化字尾。
	versuchen	~~ge~~ versuch t	
	erklären	~~ge~~ erklär t	

完成時態的句子：

· 敘述句：Ich habe für meine Familie gekocht. 我為家人做了飯。

· 是 / 否問句：Hat Jonas seine Freundin besucht? 約拿斯去看他女朋友了嗎？

· 疑問字問句：Was hast du am Wochenende gemacht? 你週末做了什麼？

3. 可分離動詞：

可分離動詞是一種特殊形式的動詞，原形時合體為一，使用時分成兩半。是以「前加音節」+「動詞單位」組合而成，例如：

前加音節 / 動詞單位

auf / wachen 甦醒

auf / stehen 起床

an / machen 開（開動機器、電器，使其運作）

aus / machen 關（關閉機器、電器，使其停止運作）

an / ziehen 穿上

auf / machen 打開（開啟門窗、書本等等）

zu / machen 關上（閉合門窗、書本等等）

zu / schließen 鎖上

ein / steigen 上車

aus / steigen 下車

可分離動詞的使用規則：動詞單位置於動詞位置，前加音節置於句尾。

- 敘述句：　　　　Sie　　　　zieht　　　　einen Hosenanzug　　an.
　　　　　　　　　　　　　　　II. 動詞單位　　　　　　　　　　句尾，前加音節

- 是 / 否問句：　　Schließt　　sie　　　　die Tür　　　　　　zu?
　　　　　　　　　　　　　　　I. 動詞單位　　　　　　　　　　句尾，前加音節

- 疑問字問句：　　Was　　　　macht　　　sie　　　　　　　aus?
　　　　　　　　　　　　　　　II. 動詞單位　　　　　　　　　　句尾，前加音節

- 命令句：　　　　Machen　　　Sie　　　　den Mund　　　　auf.
　　　　　　　　　　　　　　　I. 動詞單位　　　　　　　　　　句尾，前加音節

4. 助動詞：

- können，表達「有能力」或「有可能」的情況下使用。翻譯成：「會」、「可能」。

- dürfen，表達「准許」的情況下使用。翻譯成：「准許」。

- müssen，表達「強迫」的情況下使用。翻譯成：「必須」。

- wollen，表達「企圖、意願、意志」的情況下使用。翻譯成：「要」、「願意」。

- sollen，表達「義務、他人的交代或願望」的情況下使用。翻譯成：「應該」。

- möchten，表達「願望」的情況下使用。翻譯成：「想要」。

	dürfen	müssen	können	wollen	sollen	möchte
ich 我	darf	muss	kann	will	soll	möchte
du 你	darfst	musst	kannst	willst	sollst	möchtest
er / sie 他 / 她	darf	muss	kann	will	soll	möchte
wir 我們	dürfen	müssen	können	wollen	sollen	möchten
ihr 你們	dürft	müsst	könnt	wollt	sollt	möchtet
sie / Sie 他們 / 您（們）	dürfen	müssen	können	wollen	sollen	möchten

助動詞對句型結構的影響：

- 敘述句： Ich <u>schwimme</u> gut. 我游得好。 → 動詞在第二單位。

 Ich <u>kann</u> gut schwimmen. 我很會游泳。

 II. → 助動詞在第二單位，動詞變成原形，置於句尾。

- 疑問字問句： <u>Wer schwimmt</u> gern? 誰愛游泳？ → 疑問字在第一單位，動詞在第二單位。

 <u>Wer kann</u> gut schwimmen? 誰很會游泳？

 I. II. → 助動詞在第二單位，動詞變成原形，置於句尾。

- 是 / 否問句： <u>Probierst</u> du jetzt an? 你現在試穿嗎？ → 動詞在第一單位。

 <u>Kann</u> ich die Jacke anprobieren? 我可以試穿外套嗎？

 I. → 助動詞在第一單位，動詞變成原形，置於句尾。

IV. 介係詞：

德文總共有四組介係詞，說明其中三組如下：

1. 其中一組：in、an、auf、vor、hinter、über、unter、neben、zwischen

在表達「位置地點、移動方向」意義時，依照文法規定，必須以介係詞所連接的名詞是加 Dativ或加 Akkusativ，來分辨究竟是「地點」還是「方向」。其中的意思如下：in（在裡面）、an（依傍在旁）、auf（在水平的平面上）、vor（在前方）、hinter（在後方）、über（在凌空上方）、unter（在下方）、neben（並列）、zwischen（介於兩者之間）。

連接的名詞是＋Akkusativ＝表達「移動方向」，用疑問字「wohin?」則可用來表達疑問

Wohin springt / läuft die Katze? 貓跳 / 跑去哪裡？

Die Katze springt über den Computer. 貓跳躍過電腦。

 in den Karton. 貓跳進紙箱裡。

	an das Fenster. 貓跳到窗邊。
	auf den Tisch. 貓跳到桌面上。
	vor den Karton. 貓跳到紙箱前。
Die Katze läuft	hinter das Sofa. 貓跑到沙發後面。
	unter den Tisch. 貓跑到桌子下面。
	neben den Hund. 貓跑到狗旁邊。
	zwischen die Lampe und die Pflanze. 貓跑到燈和植物之間。

連接的名詞是＋Dativ＝表達「位置地點」，用疑問字「wo?」則可用來表達疑問

Wo ist die Katze? 貓在哪裡？

Die Katze steht	über dem Kind. 貓站在小孩上方。
	steht in dem Karton. 貓站在紙箱裡。
	sitzt an dem Fenster. 貓坐在窗邊。
	steht auf dem Tisch. 貓站在桌上。
	ist vor dem Karton. 貓在紙箱前方。
	liegt hinter dem Sofa. 貓躺在沙發後面。
	schläft unter dem Tisch. 貓睡在桌子下面。
	sitzt neben dem Hund. 貓坐在狗旁邊。
	steht zwischen der Lampe und der Pflanze. 貓站在燈和植物之間。

縮減寫法：in＋dem＝im，an＋dem＝am，in＋das＝ins，an＋das＝ans

2. 其中一組，依文法規定，必須連結 Dativ 形式的受詞：

- aus：說明「來源、出處、從某處出來」。

- von：說明「起點、來自某人處」，von dem Arzt（從醫生那裡來）。

- nach：說明「來、去某處」。

  Nach＋地名 / 國名 → Er kommt nach Taiwan. 來台灣。

  　　　　　　　　　Ich fliege nach Berlin. 去柏林。

例外：Wir gehen / fahren nach Haus. 我們回家。

- zu：說明「去某處、去某人處」，zu dem Arzt（去醫生處）。

  zu＋一般名詞 → Ich gehe zu der Schule / zu dem Museum. 我去學校 / 去博物館。

  例外：Wir bleiben zu Haus. 我們待在家裡。

- bei：說明「在某機構工作、在某人處」，bei dem Arzt（在醫生處）。

- seit：說明「自某個時候以來」，Ich wohne seit 10 Jahren in Taipei.（我住台北十年了。）

- mit：說明「藉助工具、與某人一起」。

縮減寫法：von＋dem＝vom，zu＋dem＝zum，zu＋der＝zur，bei＋dem＝beim

3. 其中一組，依文法規定，必須連結 **Akkusativ**形式的受詞，介紹四個：

- für：對某人或某事而言。

- gegen：牴觸、對抗。

- durch：透過、穿過。

- um：環繞、圍繞，不過我們學的是時間意義「在……點鐘」。

V. 連接詞：

denn是「因為」，aber是「但是」：皆是連接詞，用來連結兩個句子。

Hanna mag kein Kotelett,　denn　das ist zu fett.
　　　　句子1　　　　　連接詞　　句子2

Der Kuchen ist sehr süß,　aber　Hanna mag Kuchen.
　　　　句子1　　　　　連接詞　　句子2

VI. 命令句型：

所謂命令句，就是「對人提出要求」。我們已經學過三種句型：敘述句、是 / 否問句、疑問字問句，現在學最後一種句型，處理針對第二人稱的命令句。德文的第二人稱包括：du（你）、ihr（你們）、Sie（您、您們）。

1. 對 Sie的命令句：

原形動詞放置第一位，主詞 Sie必須出現在第二位，可分離動詞前加音節在句尾。

Machen Sie den Mund auf. 您張開嘴。

Nehmen Sie Medizin gegen die Halsschmerzen. 您服用治喉嚨痛的藥。

Schlafen Sie viel. 您多睡。

2. 對 ihr的命令句：

現在時態 ihr變化之動詞放置第一位，主詞 ~~ihr~~不可出現，可分離動詞前加音節在句尾。

Macht den Mund auf. 你們張開嘴。

Nehmt Medizin gegen die Halsschmerzen. 你們服用治喉嚨痛的藥。

Schlaft viel. 你們多睡。

3. 對 du的命令句：

原形動詞去掉字尾 -en / -n之後放置第一位，主詞 ~~du~~不可出現，可分離動詞前加音節在句尾。

Mach den Mund auf. 你張開嘴。

Schlaf viel. 你多睡。

Trink viel Tee. 你多喝茶。

例外情況：

原形動詞重音節母音為 e，因為強變化轉變為 i或 ie的動詞，如：essen (er isst)、nehmen (er nimmt)、sehen (er sieht)等，是以 er的變形 isst、nimmt、sieht去除 t之後，作為對 du的命令句的動詞。

Nimm Medizin gegen die Halsschmerzen. 你服用治喉嚨痛的藥。

Iss Vitamine. 你吃維他命。

VII. 四種句型：

1. 敘述句：

Ich schwimme gut. 我游泳游得好。 → 動詞在第二單位。

Emma zieht einen Hosenanzug an. 艾瑪穿上一套褲裝。

Ich habe für meine Familie gekocht. 我為家人做了飯。

Ich kann gut schwimmen. 我擅長游泳。

2. 是 / 否問句：

Kochst du oft? 你時常烹飪嗎？ → 動詞在第一單位。

Schließt du die Tür zu? 你關門嗎？

Hat Jonas seine Freundin besucht? 約拿斯去看過他女朋友了嗎？

Kann ich die Jacke anprobieren? 我可以試穿這件外套嗎？

3. 疑問字問句：

Wer schwimmt gern? 誰喜歡游泳？ → 疑問字在第一單位，動詞在第二單位。

Was macht Sara aus? 莎拉關上什麼？

Was hast du am Wochenende gemacht? 你週末做了什麼？

Wer kann gut schwimmen? 誰擅長游泳？

4. 命令句：請參考VI. 命令句型。

第 **3** 課

Lektion drei

Hallo, Hanna!
你好，漢娜！

Schwerpunkte der Lektion 學習重點

Inhalt 內容：

1. 自我介紹、問候他人、道別——姓名、早安、你好、晚安、請、謝謝、對不起、再見
2. 個人資料——國籍、語言、居住地、年齡、手機號碼
3. 人的外貌與性情
4. Jetzt sind Sie an der Reihe! 換你寫寫看！——練習題
5. IN 夯字彙：「十二生肖」與「西洋星座」
6. IN 夯常識：德國最常見的「姓氏」和「名字」

Satzstrukturen und Regeln 句型與文法規則：

1. 人稱：我、你、他、她、我們、你們、他們、您、您們
2. 動詞：現在時態弱變化
3. 「國名」與「國人」
4. 形容詞
5. 數字：0 - 100

3-1 Guten Tag! 你好！ ◀MP3-04

1.

Hanna
漢娜
Guten Tag! Ich heiße Hanna Miller. Wie heißen Sie?
你好！我叫漢娜米勒。您叫什麼名字？

Peter
彼得
Ich heiße Peter Beier.
我叫彼得拜爾。

Luisa
路易莎
Mein Name ist Luisa Brunner.
我的名字是路易莎布入納。

Hanna
漢娜
Freut mich, Sie kennenzulernen.
很高興認識您。

2.

Paul
保羅
Hallo, ich bin Paul. Wer bist du?
你好，我是保羅。你是誰？

Martin
馬丁
Ich bin Martin Beck.
我是馬丁貝克。

Martin ist mein Vorname.
馬丁是我的名字。

Beck ist mein Familienname.
貝克是我的姓。

Bitte nennen Sie mich einfach Martin.
請叫我馬丁好了。

Paul
保羅
Ist gut! Tschüss, Martin!
好的！再見，馬丁！

重點學習

1. 人稱： ◀ MP3-05

單數人稱：ich（我）、du（你）、er（他）、sie（她）、Sie（您）（永遠大寫）

複數人稱：wir（我們）、ihr（你們）、sie（他們）、Sie（您們）（永遠大寫）

2. 「du」和「Sie」的區別：

家人、朋友、青少年、兒童之間，以及大人對小孩：互相使用「du」說話。

成人之間首次見面、不熟識的對象、對上司、對地位高的人：使用「Sie」。

3. 動詞「現在時態弱變化」：

所謂「變化」，就是在組構德文句子時，動詞必須隨著「時態」和「主詞人稱」的不同，調整其外型。變化可分為：弱變化、強變化、不規則變化。

大部分動詞屬於「弱變化」，是最規則的變形，記住字尾，套入動詞即可使用。少部分動詞屬於「強變化」，其變形仍舊有規則可循，只是必須多記一個字根，本課先不說明。只有一個動詞是完全無規則可循的不規則變化：sein。

而動詞「現在時態弱變化」，就是最規則的變形，是拿動詞原形來加以變化。

觀察德文動詞原形，其特點是：只有兩種型態字尾 -en 或 -n。

我們就從字尾下手：a.去掉原形字尾；b.依照人稱加上規定的新字尾。

例如：heißen（名叫）

ich 我	heiße	去掉原形字尾 -en，加上規定的新字尾 -e。
du 你	heißst	去掉原形字尾 -en，加上規定的新字尾 -st。
		但是因為發音的問題，新字尾只須加上 -t。
er 他	heißt	去掉原形字尾 -en，加上規定的新字尾 -t。
sie 她	heißt	去掉原形字尾 -en，加上規定的新字尾 -t。
Sie 您	heißen	保持動詞的原形。
wir 我們	heißen	保持動詞的原形。
ihr 你們	heißt	去掉原形字尾 -en，加上規定的新字尾 -t。

sie 他們	heißen	保持動詞的原形。
Sie 您們	heißen	保持動詞的原形。

nennen（稱呼）

ich 我	nenne	去掉原形字尾 -en，加上規定的新字尾 -e。
du 你	nennst	去掉原形字尾 -en，加上規定的新字尾 -st。
er 他	nennt	去掉原形字尾 -en，加上規定的新字尾 -t。
sie 她	nennt	去掉原形字尾 -en，加上規定的新字尾 -t。
Sie 您	nennen	保持動詞的原形。
wir 我們	nennen	保持動詞的原形。
ihr 你們	nennt	去掉原形字尾 -en，加上規定的新字尾 -t。
sie 他們	nennen	保持動詞的原形。
Sie 您們	nennen	保持動詞的原形。

4. 動詞「sein」：

現在時態是完全不規則，只能強記。

ich 我	bin	wir 我們	sind
du 你	bist	ihr 你們	seid
er 他	ist	sie 他們	sind
sie 她	ist	Sie 您們	sind
Sie 您	sind		

5. 使用「du」和「Sie」與對方溝通時的問候法： 🔊MP3-06

	使用「du」溝通時的問候法	使用「Sie」溝通時的問候法
你好	Hallo!（全日可用）	Guten Tag!（10 - 17點）
	Grüß dich! （全日可用）	Grüß Gott! （南德、奧地利）（全日可用）
	Servus!（奧地利）（全日可用）	Servus!（奧地利）（全日可用）
再見	Tschüss! / Auf Wiedersehen!	Auf Wiedersehen!
	Auf Wiederschauen! （南德、奧地利）	Auf Wiederschauen! （南德、奧地利）

6. 兩個句型：

· 敘述句：

Ich	heiße	Peter Beier. → 請特別注意：動詞在第二單位。
Mein Name	ist	Luisa Brunner. → 第一單位通常是主詞。
Beck	ist	mein Familienname.
I.	II.	

· 疑問字問句：

Wer bist	du? 你是誰？ → 請特別注意：疑問字在第一單位。
Wer sind	Sie? 您是誰？ → 第二單位是動詞。
Wer ist	er? 他是誰？

I.　II.

7. Familienname＝Nachname 姓氏

Mein Nachname ist Beck.＝Mein Familienname ist Beck. 我姓貝克。

3-2 Guten Morgen! 早安！ 🔊MP3-07

1.

Herr Beck	Ah, Frau Miller! Guten Morgen!
貝克先生	啊，米勒小姐（太太）！早安！
Frau Miller	Guten Morgen, Herr Beck! Wie geht es Ihnen?
米勒小姐	早安，貝克先生！您好嗎？
Herr Beck	Danke, gut. Und Ihnen?
貝克先生	謝謝，很好。您呢（您好嗎）？
Frau Miller	Danke, auch gut.
米勒小姐	謝謝，也很好。
Herr Beck	Auf Wiedersehen, Frau Miller!
貝克先生	再見，米勒小姐（太太）！
Frau Miller	Auf Wiedersehen!
米勒小姐	再見！

2.

Lukas	Hallo, Peter. Wie geht es dir?
盧卡斯	嗨，彼得。你好嗎？
Peter	Nicht so gut.
彼得	不怎麼好。

3.

Lukas	Hallo, wie geht's?
盧卡斯	嗨，你好嗎？
Sara	Sehr gut. Danke.
莎拉	非常好。謝謝。

重點學習

1. 打招呼： ◀MP3-08

Guten Morgen. 早安。　　　　　　5 - 10點鐘使用

Guten Tag. 日安、你好。　　　　　　10 - 17點鐘使用

Guten Abend. 晚上好。　　　　　　17 - 22點鐘使用

Gute Nacht. 晚安。　　　　　　　　22點鐘之後、就寢前使用

2. 稱呼：

Herr（先生）：稱呼成年男子「某某先生」，例如：Herr Beck（貝克先生）。

Frau（小姐 / 太太）：稱呼成年女子「某某小姐 / 太太」，例如：Frau Miller（米勒小姐 / 太太）。

稱呼對方為 Herr / Frau時，我們會配合使用敬稱「Sie」。

直呼對方名字 Peter / Hanna時，配合使用的人稱是「du」、「ihr」。

3. 問候：您 / 你好嗎？

Wie geht es Ihnen?（您好嗎？）：「Ihnen」是「Sie」的變形，這句問候用在敬稱的情況。

Wie geht es dir?（你好嗎？）：「dir」是「du」的變形，這句問候用在朋友之間。

Wie geht's? 是 Wie geht es dir? 的簡略說法。

4. 回應他人的問候： ◀MP3-09

A：Wie geht es Ihnen / dir? 你好嗎？

B：Danke, sehr gut. 謝謝，很好。

　　Danke, es geht. 謝謝，還可以。

　　Danke, nicht so gut. 謝謝，不怎麼好。

　　Danke, aber schlecht. 謝謝，很糟。

5. 謝意與對應：Danke!（謝謝！）/ Bitte!（不客氣！） ◀MP3-10

更高的謝意與對應：Danke sehr!（非常感謝！）/ Bitte sehr!（不客氣！）

（「sehr」是「很、非常」）

6. 「再見」的說法： ◀MP3-11

除了最正式的「Auf Wiedersehen!」之外，在德國南部和奧地利常聽到「Auf Wiederschauen!」。

至於輕鬆的「Tschüss!」，熟朋友之間的「Macht's gut!」，還有年輕人之間使用外來的「Tschau!（＝Ciau!）」，也都很普遍。

必須注意的是：視對象選擇恰當的說法，不要用錯了。

3-3 Woher kommen Sie? 您從哪裡來？ ◀MP3-12

1

A Woher kommen Sie?
A 您從哪裡來？

B Ich komme aus Deutschland, aus München.
B 我從德國來，來自慕尼黑。

Ich bin Deutscher.
我是德國人。

A Sind Sie zum ersten Mal in Taiwan?
A 您第一次來台灣嗎？

B Ja, genau.
B 是的，沒錯。

2.

C Herr Beck wohnt in Berlin. Wohnst du auch in Berlin?
C 貝克先生住在柏林。你也住在柏林嗎？

D Nein, ich wohne nicht in Berlin. Ich wohne in Hamburg.
D 不，我不住在柏林。我住在漢堡。

Wo wohnst du?
你住在哪裡？

C In Frankfurt.
C 法蘭克福。

3.

E   Meine Handynummer ist null-neun-fünf-acht-sieben-vier-drei-zwei-eins-sechs.

E   我的手機號碼是0958743216。

      Wie ist deine Handynummer?

      你的手機號碼是多少？

F   Wie bitte? Noch einmal bitte!

F   你說什麼？請再說一遍！

4.

G   Ich bin einundzwanzig Jahre alt. Wie alt bist du?

G   我21歲。你幾歲？

H   Ich bin auch einundzwanzig Jahre alt.

H   我也21歲。

G   Wirklich? Wir sind gleich alt.

G   真的？我們一樣大。

重點學習

1. 現在時態弱變化動詞：

kommen（來）

ich 我	komme	wir 我們	kommen
du 你	kommst	ihr 你們	kommt
er 他	kommt	sie 他們	kommen
sie 她	kommt	Sie 您們	kommen
Sie 您	kommen		

wohnen（居住）

ich 我	wohne	wir 我們	wohnen
du 你	wohnst	ihr 你們	wohnt
er 他	wohnt	sie 他們	wohnen
sie 她	wohnt	Sie 您們	wohnen
Sie 您	wohnen		

2. 國名與國人： ◀ MP3-13

- Ich komme aus　　　Deutschland / Österreich / der Schweiz.
  我從　　　　　　　德國 / 奧地利 / 瑞士來。

- Ich bin　　　　　　Deutscher / Österreicher / Schweizer.
  男性：我是　　　　德國人 / 奧地利人 / 瑞士人。

- Ich bin　　　　　　Deutsche / Österreicherin / Schweizerin.
  女性：我是　　　　德國人 / 奧地利人 / 瑞士人。

- Ich komme aus　　　Taiwan / China / Japan / Korea.
  我從　　　　　　　台灣 / 中國 / 日本 / 韓國來。

· Ich bin   Taiwaner / Chinese / Japaner / Koreaner.

男性：我是   台灣人 / 中國人 / 日本人 / 韓國人。

· Ich bin   Taiwanerin / Chinesin / Japanerin / Koreanerin.

女性：我是   台灣人 / 中國人 / 日本人 / 韓國人。

3. 德國人口50萬以上的城市： ◀MP3-14

Herr Beck wohnt in... 貝克先生住在⋯⋯

Berlin（柏林）/ Hamburg（漢堡）/ München（慕尼黑）/ Köln（科隆）/ Frankfurt am Main（法蘭克福）/ Stuttgart（司圖加特）/ Düsseldorf（杜塞爾道夫）/ Dortmund（多特蒙德）/ Essen（埃森）/ Bremen（布萊梅）/ Leipzig（萊比錫）/ Dresden（德勒斯登）/ Hannover（漢諾威）/ Nürnberg（紐倫堡）.

4. 介係詞：

aus：意思是「從某地、某處來」。回答疑問字：woher?（從哪裡來？）

in：意思是「在某地、某處」。回答疑問字：wo?（在哪裡？）

5. 三種句型：

· 敘述句：Hanna ist neunzehn Jahre alt. 漢娜19歲。

· 疑問字問句：<u>Wie alt ist Martin?</u> 馬丁幾歲？

            -- Er ist dreizehn Jahre alt. 他13歲。

· 是 / 否問句：Ist Martin fünfzehn Jahre alt? 馬丁15歲嗎？ → 動詞在第一單位，

            I.   II.   主詞第二位。

            -- Ja, er ist fünfzehn. 是的，他15歲。

            -- Nein, er ist dreizehn. 不是，他13歲。

6. Zahlen（數字）：0 - 100 ◀MP3-15

1	eins	11	elf	10	zehn	21	einundzwanzig
2	zwei	12	zwölf	20	zwanzig	22	zweiundzwanzig
3	drei	13	dreizehn	30	dreißig	33	dreiunddreißig
4	vier	14	vierzehn	40	vierzig	34	vierunddreißig
5	fünf	15	fünfzehn	50	fünfzig	45	fünfundvierzig
6	sechs	16	sechzehn	60	sechzig	56	sechsundfünfzig
			sechszehn		sechszig		
7	sieben	17	siebzehn	70	siebzig	67	siebenundsechzig
			siebenzehn		siebenzig		
8	acht	18	achtzehn	80	achtzig	78	achtundsiebzig
9	neun	19	neunzehn	90	neunzig	89	neunundachtzig
10	zehn	20	zwanzig	100	hundert / einhundert	0 null	

3-4 Deutsch oder Chinesisch? 德語或中文？ ◀MP3-16

1.

A   Sprechen Sie Deutsch?
A   您會說德語嗎？

B   Ja, ich spreche ein bisschen Deutsch.
B   會，我會說一點德語。

Nein, leider nicht. Ich spreche kein Deutsch.
不會，可惜不會。我不會說德語。

2.

C   Wir sprechen Chinesisch, okay?
C   我們說中文，好嗎？

D   Ja, das geht.
D   好的，可以。

3.

E   Entschuldigung, ich verstehe das nicht.
E   不好意思，我不懂。

Bitte sprechen Sie langsamer!
請您說慢一點！

F   Verstehen Sie jetzt?
F   您現在瞭解嗎？

E   Ja, alles klar.
E   是的，明白了。

4.

G   Sie sprechen sehr gut Chinesisch.
G   您中文說得很好。

H   Ach, woher denn!
H   哪裡，哪裡！

重點學習

1. 現在時態弱變化動詞：

verstehen（懂、了解、明白）

ich 我	verstehe	wir 我們	verstehen
du 你	verstehst	ihr 你們	versteht
er 他	versteht	sie 他們	verstehen
sie 她	versteht	Sie 您們	verstehen
Sie 您	verstehen		

「現在時態強變化」動詞：本課暫不解釋現在時態強變化，僅列表提供參考。

sprechen（說）

ich 我	spreche	wir 我們	sprechen
du 你	sprichst	ihr 你們	sprecht
er 他	spricht	sie 他們	sprechen
sie 她	spricht	Sie 您們	sprechen
Sie 您	sprechen		

2. Entschuldigung!＝Entschuldigen Sie!（對不起 / 不好意思！） ◀MP3-17

和英文「Excuse me.」意思相同。

3. 謙虛的說詞：

「Woher denn!」（哪裡哪裡！）是謙虛的說詞。

3-5 Frau Miller, Herr Beck und Hanna
米勒小姐、貝克先生和漢娜 ◀MP3-18

1.

Frau Miller ist schlank und hübsch.
米勒小姐苗條又漂亮。

Sie ist glücklich und lustig. Sie lächelt immer.
她很快樂又有趣。她總是微笑。

2.

Herr Beck ist groß und dick. Er ist nervös und scheu.
貝克先生又高又胖。他容易緊張，而且很害羞。

Er ist oft schlecht gelaunt.
他時常心情不好。

3.

Hanna ist jung. Sie ist erst fünfzehn Jahre alt.
漢娜很年輕。她才15歲。

Sie ist heiter und sportlich.
她很開朗又好動。

重點學習

1. 現在時態弱變化動詞：

lächeln（微笑）

ich 我	lächele	wir 我們	lächeln
du 你	lächelst	ihr 你們	lächelt
er 他	lächelt	sie 他們	lächeln
sie 她	lächelt	Sie 您們	lächeln
Sie 您	lächeln		

2. 形容詞： ◀MP3-19

Ich bin...

schlank 苗條的	glücklich 快樂的	blond 金髮的	gut 好的
hübsch 漂亮的	lustig 有趣的	nett 和善的（＝英文nice）	schlecht 壞的、不好的
groß 高大的	nervös 緊張的	freundlich 友善的	
klein 矮小的	ruhig 安靜的、鎮定的	komisch 奇怪的	
dick 胖的	scheu 害羞的	langweilig 無趣的	
dünn 瘦的	heiter 開朗的	schön 美的	
jung 年輕的	sportlich 好動的	attraktiv 有吸引力的	
alt 老的	intelligent 聰明的	offen 開放的	
hässlich 醜的	dumm 笨的	angenehm 好相處的	

3. 心情好壞： ◀MP3-20

Frau Miller ist heute <u>gut</u> gelaunt.
米勒小姐今天心情很好。
Ich bin heute <u>schlecht</u> gelaunt.
我今天心情不好。

4. 時間副詞： ◀MP3-21

heute	今天
immer	總是
oft	時常

5. erst（才）、schon（已經）： ◀MP3-22

Hanna ist	fünfzehn Jahre alt.	漢娜15歲。
	erst fünfzehn Jahre alt.	才15歲。
	schon fünfzehn Jahre alt.	已經15歲了。

**IN! Wortschatz 夯字彙** ◀MP3-23

十二生肖怎麼說？

Mein Tierkreiszeichen ist Hahn. 我的生肖屬雞。

Chinesische Tierkreiszeichen 十二生肖

die Ratte 鼠　　der Büffel 牛　　der Tiger 虎　　der Hase 兔

der Drache 龍　　die Schlange 蛇　　das Pferd 馬　　die Ziege 羊

der Affe 猴　　der Hahn 雞　　der Hund 狗　　das Schwein 豬

西洋星座怎麼說？

Mein Sternzeichen ist Fische. 我是雙魚座。

Ich bin Fische. 我是雙魚座。

das Sternzeichen 星座

das Steinbock
摩羯座

das Wassermann
水瓶座

das Fische
雙魚座

das Widder
白羊座

das Stier
金牛座

das Zwilling
雙子座

das Krebs
巨蟹座

das Löwe
獅子座

das Jungfrau
處女座

das Waage
天秤座

das Skorpion
天蠍座

das Schütze
射手座

 **Landeskunde** 常識　◀MP3-24

德國人的名字

命名的哲學，因人而異，各有道理。有的人請算命先生取一個富貴顯達的名字，有人喜歡清新少見的名字，也有人認為以通俗好記者為佳。

德國beliebte-Vorname.de網站，每年統計德國出生嬰兒的命名，整理出年度最受歡迎的男孩和女孩名字，而這其實就是所謂的「菜市場名」。以最近三年為例：2013年，該網站取當年出生嬰兒的百分之二十七，也就是182,945名的名字為樣本。2014年，取百分之二十五，即181,300人。2015年，取百分之二十六，即183,396名。整理後，得出結果如下：

2009年以來，一直獨占鰲頭的女孩名字「Mia」，在2014年被「Emma」擊敗，退居第二。2015年，「Mia」又成功奪回冠軍寶座。而男孩名字「Ben」，至2015年為止，已經蟬聯四年的冠軍。

	女孩名字			男孩名字		
	2013	2014	2015	2013	2014	2015
1.	Mia	Emma	Mia	Ben	Ben	Ben
2.	Emma	Mia	Emma	Luca	Luis	Jonas
3.	Hannah	Hannah	Hannah	Paul	Paul	Leon
4.	Sofia	Sofia	Sofia	Jonas	Lukas	Elias
5.	Anna	Emilia	Anna	Finn	Jonas	Finn
6.	Lea	Anna	Emilia	Leon	Leon	Noah
7.	Emilia	Lena	Lina	Luis	Finn	Paul
8.	Marie	Lea	Marie	Lukas	Noah	Luis
9.	Lena	Emily	Lena	Maximilian	Elias	Lukas
10.	Leonie	Marie	Mila	Felix	Luca	Luca

德國的姓氏，形成於中古時期，許多當時最常見的職業名稱轉變為姓氏。目前，最常見姓氏排行榜前十四名，都源自職業名稱。

1. Müller 磨坊工

2. Schmidt 鐵匠（計入各種同音拼寫法，排名第一）

3. Schneider 裁縫師

4. Fischer 漁夫

5. Weber 紡織工

6. Meyer 收割工、長工（計入各種同音拼寫法，排名第二）

7. Wagner 造車工

8. Becker 麵包師

9. Schulz 村長

10. Hoffmann 領主的佃農長工

11. Schäfer 牧羊人

12. Koch 廚師

13. Bauer 農夫

14. Richter 地方仕紳或領袖

雖然「Müller」是德國最大的姓氏，然而並非在每個區域都如此，像是德國中部和東部就以「Schmidt」最多，而在下薩克森邦（Niedersachsen）的北德濱海區，「Meyer」也超過「Müller」。至於「Bauer」這個姓氏，在南德巴伐利亞邦（Bayern）東部，領先「Müller」，「Huber」在巴伐利亞邦南部，則是第一大姓。而波羅地海區，則以「Jansen」、「Hansen」、「Petersen」為最常見的姓氏。

Übungen: Jetzt sind Sie an der Reihe.
練習：換你寫寫看。

I. 配配看：

Ich heiße Paul.	Guten Tag! Mein Name ist Miller.	Nein, ich heiße Beck.

1. A：Guten Tag, ich heiße Beck.　　B：_____

2. A：Sind Sie Frau Miller?　　B：_____

3. A：Wie heißt du?　　B：_____

II. 重組句子：

1. A：ist – wer – Frau Beck ?　　→ _____

   B：ich – das – bin .　　→ _____

2. A：Herr Miller – Sie – sind ?　　→ _____

   B：ich – nein – heiße – Weiß .　　→ _____

3. A：geht – wie – dir – es ?　　→ _____

   B：gut – danke .　　→ _____

   dir – und ?　　→ _____

   A：auch – danke – gut .　　→ _____

III. 練習動詞現在時態弱變化：

	kommen	wohnen	verstehen	lächeln
ich				lächel e
du				lächel st
er				lächel t
wir				
ihr				
sie				
Sie				

IV. 請將中文句子翻譯成德文：

1. 我年輕。 → _____

2. 你高大。 → _____

3. 他有趣。 → _____

4. 我們快樂。 → _____

5. 你們開朗。 → _____

6. 他們好動。 → _____

7. 您苗條。 → _____

第 **4** 課 | Lektion vier

Was machen Sie beruflich?
您的職業是什麼？

4-1 Max Meyer 馬克思邁爾 ◀MP3-25

1.

Wer ist das?
這是誰？

Was ist er von Beruf?
他的職業是什麼？

Wann ist er geboren?
他哪一年出生？

Wo ist er geboren?
他出生於何地？

Ist er verheiratet?
他已婚嗎？

Hat er Kinder?
他有孩子嗎？

Wie ist seine Adresse?
他的地址是什麼？

Wie ist seine Telefonnummer?
他的電話號碼是什麼？

Hat er eine E-Mail-Adresse?
他有電子郵件地址嗎？

2.

Max Meyer, 34, ist Deutscher.
馬克思邁爾，34歲，是德國人。

Er ist Installateur von Beruf und wohnt in Hamburg.
他是水電工，住在漢堡。

Seine Adresse: Hirschstraße 14.
他的地址是赫許街14號。

Er ist 1982 in Bremen geboren.
他是1982年生於布萊梅。

Max ist verheiratet und hat zwei Kinder, vier und zwei Jahre alt.
馬克思已婚，有2個孩子，4歲和2歲。

Seine Telefonnummer ist 0401438679.
他的電話號碼是0401438679。

Natürlich hat er auch eine E-Mail-Adresse: www.ichinstall@gmail.
他當然也有電子郵件地址：www.ichinstall@gmail。

重點學習

1. 問起他人的職業，以下兩種問法比較清晰、正式：

Was sind Sie von Beruf? 您的職業是什麼？

Was machen Sie beruflich? 您的職業是什麼？

可以這樣回答：

Ich bin Lehrerin (von Beruf). 我的職業是教師。

Ich arbeite als Lehrerin. 我的職業是教師。

2. 常見的職業： ◀MP3-26

♂ 男性	♀ 女性
Lehrer 教師	Lehrerin 女教師
Professor 大學教授	Professorin 女性大學教授
Verkäufer 店員、售貨員	Verkäuferin 女店員、女性售貨員
Bäcker 麵包師	Bäckerin 女性麵包師
Mechaniker 機械工	Mechanikerin 女性機械工
Bauer 農夫	Bäuerin 女性務農者
Maurer 泥水匠	Maurerin 女性泥水匠
Kellner 服務生	Kellnerin 女服務生
Koch 廚師	Köchin 女廚師
Installateur 水管工人	Installateurin 女性水管工人
Elektriker 電工	Elektrikerin 女性電工
Friseur 美髮師	Friseurin 女性美髮師
Schneider 裁縫師	Schneiderin 女性裁縫師
Bankangestellter 銀行職員	Bankangestellte 女性銀行職員
Büroangestellter 辦公室內勤職員	Büroangestellte 辦公室內勤女職員
Sekretär 祕書	Sekretärin 女祕書
Arzt 醫師	Ärztin 女醫師

Krankenpfleger 男護士	Krankenschwester 護士
Ingenieur 工程師	Ingenieurin 女性工程師
Kaufmann / Geschäftsmann 生意人 / 商人	Kauffrau / Geschäftsfrau 女性生意人 / 商人
Polizist 警察	Polizistin 女性警察
Feuerwehrmann 消防員	Feuerwehrfrau 女性消防員
Sänger 歌手	Sängerin 女歌手
Schauspieler 演員	Schauspielerin 女演員
Buchhalter 會計師	Buchhalterin 女性會計師
Rechtsanwalt 律師	Rechtsanwältin 女性律師

3. 現在時態弱變化動詞：

arbeiten（工作）

ich 我	arbeite	wir 我們	arbeiten
du 你	arbeitest	ihr 你們	arbeitet
er 他	arbeitet	sie 他們	arbeiten
sie 她	arbeitet	Sie 您們	arbeiten
Sie 您	arbeiten		

現在時態弱變化動詞去除字尾之後，字幹的最後一個字母是 t或 d。但為了方便發音，在第二人稱單數「du」、第二人稱複數「ihr」、第三人稱單數「er」、「sie」的動詞字尾變形上，必須多加一個 e。

4. 現在時態強變化動詞：

先列出變化形式，提供參考，下一課再詳細解說變化規則。

haben（有）

ich 我	habe	wir 我們	haben
du 你	hast	ihr 你們	habt
er 他	hat	sie 他們	haben
sie 她	hat	Sie 您們	haben
Sie 您	haben		

5. 出生年次：

Wann bist du geboren? 你什麼時候出生？

Ich bin 1991 geboren. 我生於1991年。

（1991唸做「十九百，九十一」：neunzehn hundert，einundneunzig）

（1982唸做「十九百，八十二」：neunzehn hundert，zweiundachtzig）

（1517唸做「十五百，一十七」：fünfzehn hundert，siebzehn）

（2016唸做「兩千，一十六」：zweitausend，sechzehn）

6. 婚姻狀態： ◀ MP3-27

Ist Max verheiratet? 馬克思已婚嗎？

-- Ja, er ist verheiratet. 是的，他已婚。

-- Nein, er ist ledig. 不是，他單身。

geschieden. 他離婚了。

verwitwet. 他是鰥夫 / 寡婦。

4-2 Viele Sachen 很多東西 ◀MP3-28

Emilia Fischer ist Büroangestellte. 艾蜜莉亞是辦公室職員。
Im Büro sind viele Sachen: 辦公室裡有很多東西：

ein Schreibtisch 一張辦公桌　　　ein Radiergummi 一個橡皮擦
ein Stuhl 一張椅子　　　　　　　ein Stempelkissen 一個印臺
ein Schrank 一個櫥櫃　　　　　　ein Stempel 一個印章
ein Regal 一個置物架　　　　　　ein Hefter 一個釘書機
ein Computer 一台電腦　　　　　ein Locher 一個打孔機
ein Drucker 一台印表機　　　　　Textmarker 螢光筆
ein Scanner 一台掃描機　　　　　Bleistifte 鉛筆
eine Tischlampe 一盞檯燈　　　　Kugelschreiber 原子筆
ein Terminkalender 一本行事曆　　Büroklammer 迴紋針
ein Notizblock 一本記事本　　　　Ordner 文件夾、資料夾

Da sind leider keine Schere. 可惜那兒沒有剪刀。
　　　　　　kein Klebeband.　　　膠帶。
　　　　　　kein Klebestift.　　　口紅膠。
　　　　　　kein Lineal.　　　　　尺。
　　　　　　keine Hefterklammer.　釘書針。

Emilia hat einen Schrank, ein Regal, eine Tischlampe und Ordner.
艾蜜莉亞有一個櫃子、一個置物架、一盞檯燈和資料夾。

Sie hat keinen Laptop, kein Lineal, keine Schere und keine Hefterklammer.
她沒有筆記型電腦、尺、剪刀和釘書針。

常見文具與辦公室用具單字：

die Schere, die Scheren (, -n) 剪刀

das Klebeband, die Klebebände (, ⁀e) 膠帶

der Klebestift, die Klebestifte (, -e) 口紅膠

das Lineal, die Lineale (, -e) 尺

der Terminkalender, die Terminkalender (, -) 行事曆

der Bleistift, die Bleistifte (, -e) 鉛筆

der Kugelschreiber, die Kugelschreiber (, -) 原子筆

der Radiergummi, die Radiergummis (, -s) 橡皮擦

der Textmarker, die Textmarker (, -) 螢光筆

die Büroklammer, die Büroklammer (, -) 迴紋針

der Notizblock, die Notizblöcke (, ⁀e) 記事本

das Stempelkissen, die Stempelkissen (, -) 印臺

der Stempel, die Stempel (, -) 印章

der Hefter, die Hefter (, -) 釘書機

die Hefterklammer, die Hefterklammer (, -) 釘書針

der Locher, die Locher (, -) 打孔機

der Ordner, die Ordner (, -) 文件夾、資料夾

die Tischlampe, die Tischlampen (, -n) 檯燈

der Schreibtisch, die Schreibtische (, -e) 辦公桌

der Stuhl, die Stühle (, ⁀e) 椅子

der Schrank, die Schränke (, ⁀e) 櫥櫃

das Regal, die Regale (, -e) 置物架

der Laptop, die Laptops (, -s) 筆記型電腦

der Computer, die Computer (, -) 電腦

der Drucker, die Drucker (, -) 印表機

der Scanner, die Scanner (, -) 掃描機

重點學習

1. 認識德文的名詞：

重點一：名詞的第一個字母必須大寫。

重點二：名詞一定有定冠詞，可能是陽性冠詞、中性冠詞、陰性冠詞。

　　　　所謂「性別」是文法上的性別，由文法來規定，固定不變，我們只能強記。

　　　　陽性定冠詞是 der、中性定冠詞是 das、陰性定冠詞是 die。

重點三：不論單數時是陽性、中性或陰性，複數名詞的定冠詞一律都是 die。

例如：	單數名詞	複數名詞	簡單標記法
陽性名詞	der Stuhl	die Stühle	r. (m.) Stuhl, ⸚e
中性名詞	das Regal	die Regale	s. (n.) Regal, -e
陰性名詞	die Lampe	die Lampen	e. (f.) Lampe, -n

＊簡單標記法：短橫線代表單數形，線上兩點代表變音，短線之後的字母代表複數字尾。

重點四：相對於定冠詞的是不定冠詞，用以表示單數「一」，不是數字1。

　　　　複數名詞沒有不定冠詞。

重點五：陽性名詞的不定冠詞是 ein、中性名詞的不定冠詞是 ein、陰性名詞的不定冠詞是 eine。

重點六：不定冠詞有一套獨特的否定形式，簡單地說，就是在 ein-前面加上 k，形成 kein-。複數名詞沒有不定冠詞，卻有不定冠詞否定形 keine。

例如：	單數名詞	複數名詞
陽性名詞	der Stuhl	die Stühle
	ein Stuhl	- Stühle
	kein Stuhl	keine Stühle
中性名詞	das Regal	die Regale
	ein Regal	- Regale
	kein Regal	keine Regale

陰性名詞	die Lampe	die Lampen
	eine Lampe	- Lampen
	keine Lampe	keine Lampen

2. 名詞的「單複數」與「不定冠詞否定」：

die Sache, -n 東西

viele 許多（＝英文的 many）

da 那裡（＝英文的 there）

單數：Da ist eine Lampe. 有一盞燈。　　→ 否定 Da ist keine Lampe. 沒有燈。

複數：Da sind Lampen. 有燈。　　　　　→ 否定 Da sind keine Lampen. 沒有燈。

3. 名詞的變形之一：Akkusativ（或稱為：名詞第四格）

名詞受到動詞和介係詞的影響，定冠詞、不定冠詞會變形，會將原始的形式，稍作變化。這樣的變化共有三套，在這一課我們先學 Akkusativ變形。

- 陽性定冠詞從 der變成 den，中性定冠詞 das保持不變，陰性定冠詞 die保持不變，複數定冠詞 die保持不變。

- 陽性不定冠詞從 ein變成 einen，中性不定冠詞 ein保持不變，陰性不定冠詞 eine保持不變，複數無不定冠詞保持不變。

- 陽性不定冠詞否定形從 kein變成 keinen，中性不定冠詞否定形 kein保持不變，陰性不定冠詞否定形 keine保持不變，複數不定冠詞否定形 keine保持不變。

例如：	單數名詞	Akkusativ	複數名詞	Akkusativ
陽性名詞	der Stuhl	den Stuhl	die Stühle	die Stühle
	ein Stuhl	einen Stuhl	- Stühle	- Stühle
	kein Stuhl	keinen Stuhl	keine Stühle	keine Stühle
中性名詞	das Regal	das Regal	die Regale	die Regale
	ein Regal	ein Regal	- Regale	- Regale
	kein Regal	kein Regal	keine Regale	keine Regale
陰性名詞	die Lampe	die Lampe	die Lampen	die Lampen
	eine Lampe	eine Lampe	- Lampen	- Lampen
	keine Lampe	keine Lampe	keine Lampen	keine Lampen

4. 請注意「不定冠詞的 Akkusativ變形」：

‧單數：Da ist ein Stuhl. 有一張椅子。

→ Akkusativ：Emilia hat einen (keinen) Stuhl. 艾蜜莉亞（沒）有一張椅子。

Da ist ein Regal. 有一個置物架。

→ Akkusativ：Emilia hat ein (kein) Regal. 艾蜜莉亞（沒）有一個置物架。

Da ist eine Lampe. 有一盞燈。

→ Akkusativ：Emilia hat eine (keine) Lampe. 艾蜜莉亞（沒）有一盞燈。

‧複數：Da sind Lampen. 有燈。

→ Akkusativ：Emilia hat (keine) Lampen. 艾蜜莉亞（沒）有燈。

4-3 Was ist das? 這是什麼？ ◀MP3-29

Kunde 顧客	Entschuldigung. Was ist das? 對不起。請問這是什麼？
Verkäufer 店員	Das ist ein Monitor. 這是一個螢幕。
Kunde 顧客	Oh, der Monitor ist lustig. 喔，這個螢幕很有意思。
Verkäufer 店員	Und er ist nicht teuer. 而且它不貴。
Kunde 顧客	Wie viel kostet er? 它要多少錢？
Verkäufer 店員	Er kostet 159 Euro. Das ist sehr günstig. 它要159歐元。價格合宜，物超所值。
Kunde 顧客	Ja, der Monitor ist nicht teuer. 是啊，這個螢幕不貴。

重點學習

1. 重要單字： ◀ MP3-30

der Kunde, die Kunden（ , -n）顧客

der Monitor, die Monitor（ , - ）螢幕

lustig 有趣的、有意思的

teuer 昂貴的

günstig 價格合宜的、物超所值的

2. 不定冠詞、定冠詞、代名詞：

· 不定冠詞＋名詞＝ein Monitor, ein Regal, eine Lampe（複數 Lampen）

　意思是：一個螢幕，一個置物架，一盞燈。沒有指定這個或那個。

· 定冠詞＋名詞＝der Monitor, das Regal, die Lampe（複數 die Lampen）

　意思是：a. 名詞的原始形式，定冠詞只是用來標示名詞文法上的性別，不具意義。

　　　　　b. 這個螢幕，這個置物架，這盞燈。定冠詞具有指定這個或那個的意義。

· 代名詞：er、es、sie（複數sie）

　用法：用來取代再次出現的定冠詞名詞，不分有生命或無生命名詞，完全取決於定

　　　　冠詞。

　er取代定冠詞為 der的陽性名詞，es取代定冠詞為 das的中性名詞，

　sie取代定冠詞為 die的陰性名詞，sie取代定冠詞為 die的複數名詞。

例如：

Da ist ein Monitor.	Der Monitor ist lustig.	Er ist nicht teuer.
有一個螢幕。	這個螢幕很有趣。	它不貴。
Da ist ein Regal.	Das Regal kostet 200 Euro.	Es ist teuer.
有一個置物架。	這個置物架要200歐元。	它很貴。

Da ist eine Lampe.   Die Lampe ist neu.   Sie ist schön.

有一盞燈。   這盞燈是新的。   它很美。

Da sind Lampen.   Die Lampen sind alt.   Sie sind kaputt.

有燈。   這些燈很舊。   它們壞了。

3. 現在時態弱變化動詞：

kosten（值）

ich 我	koste	wir 我們	kosten
du 你	kostest	ihr 你們	kostet
er 他	kostet	sie 他們	kosten
sie 她	kostet	Sie 您們	kosten
Sie 您	kosten		

4. 分辨「da」和「das」：

· Da ist eine Lampe. 有一盞燈。（相當於英文 There is a lamp.）

· Das ist eine Lampe. 那是一盞燈。

  Das sind meine Lampen. 那些是我的燈。

das和中性定冠詞 das字同、音同，可是意義完全不同。das表示「這、那、這些、那些」，像英文的「this、that、these、those」，可以指單數和複數事物。

5. 疑問字：was?（什麼事、物）/ wer? wen?（誰）

問及事、物：

Was ist das? 那（這）是什麼？→ was是主詞，文法規定為單數。

-- Das ist ein Computer. 那（這）是一台電腦。

Was hat Emilia? 艾蜜莉亞有什麼？→ was是 Akkusativ受詞。

-- Sie hat einen Computer. 她有一台電腦。

問及人：

Wer ist das? 那（這）是誰？ → wer是主詞，文法規定為單數。

-- Das ist Jonas. 那（這）是約拿斯。

Wen liebt Emilia? 艾蜜莉亞愛誰？ → wen是 Akkusativ受詞，必須變形。

-- Sie liebt Jonas. 她愛約拿斯。

6. 疑問字：wie viel?（多少？）

Wie viel kostet der Monitor? 這螢幕多少錢？

「wie viel」此處的意思是「多少錢」，相當於英文的「how much?」。

7. Zahlen（數字）：100 - 1000 ◀MP3-31

100	einshundert	101	einhunderteins
200	zweihundert	202	zweihundertzwei
300	dreihundert	303	dreihundertdrei
400	vierhundert	410	vierhundertzehn
500	fünfhundert	518	fünfhundertachtzehn
600	sechshundert	626	sechshundertsechsundzwanzig
700	siebenhundert	777	siebenhundertsiebenundsiebzig
800	achthundert	1101	eintausendeinhunderteins
900	neunhundert	1835	eintausendachthundertfünfunddreißig
1000	einstausend	9999	neuntausendneunhundertneunundneunzig
		10000	zehntausend

＊ 數字書寫成長長的一個字，不可斷成兩、三個字。

4-4 Probleme? 有問題嗎？ ◀MP3-32

1.

Die Studentin hat einen Computer.
這女大學生有一台電腦。

Aber sie hat auch viele Probleme mit dem Computer.
可是她對電腦有很多問題。

Die Tastatur funktioniert nicht.
鍵盤不能操作。

Einige Tasten sind kaputt.
幾個按鍵壞了。

Die Leertaste klemmt.
空白鍵卡住。

2.

Die Maus und der Lautsprecher gehen nicht gut.
滑鼠和喇叭操作不順。

Und das Mauspad ist weg.
滑鼠墊不見了。

Jetzt funktioniert der Scanner nicht.
現在掃瞄機沒法兒用。

Der Stecker ist raus.
插頭鬆脫了。

Sie findet den USB-Stick nicht.
她找不到隨身碟。

Und der Akku ist leer.
而且蓄電池空了，沒電了。

重點學習

1. 重要單字： ◀MP3-33

das Problem, die Probleme (, -e) 問題

die Tastatur, die Tastaturen (, -en) 鍵盤

die Taste, die Tasten (, -n) 按鍵

die Leertaste 空白鍵

die Maus, die Mäuse (, ''e) 滑鼠、老鼠

der Lautsprecher, die Lautsprecher (, -) 擴音器、喇叭

das Mauspad, die Mauspads (, -s) 滑鼠墊

der Scanner, die Scanner (, -) 掃瞄機

der Stecker, die Stecker (, -) 插頭

die Steckdose, die Steckdosen (, -n) 插座

der USB-Stick, die USB-Sticks (, -s) 隨身碟

der Akku, die Akkus (, -s) 蓄電池

einige 若干個、數個

kaputt 壞了

weg 不見了

raus 鬆脫了

leer 空的

2. 現在時態弱變化動詞：

funktionieren（運作）
_____

（使用這個動詞時，主詞是事物，所以只會是第三人稱單、複數。）

er / es / sie 它　　　funktioniert　　sie 它們　　　funktionieren

klemmen（卡住）

ich 我	klemme	wir 我們	klemmen
du 你	klemmst	ihr 你們	klemmt
er 他	klemmt	sie 他們	klemmen
sie 她	klemmt	Sie 您們	klemmen
Sie 您	klemmen		

finden（找到）

ich 我	finde	wir 我們	finden
du 你	findest	ihr 你們	findet
er 他	findet	sie 他們	finden
sie 她	findet	Sie 您們	finden
Sie 您	finden		

4-5 Ich bin beschäftigt. 我好忙。 ◀MP3-34

Gibt es hier WLAN?
這裡有Wi-Fi嗎？

Das WLAN ist umsonst. Es kostet nichts.
Wi-Fi（無線區域網路）免費。它不用錢。

Wo finde ich hier ein Internetcafe?
這裡哪裡可以找到網咖？

Ich brauche immer den Computer.
我總是需要電腦。

Zuerst starte ich den Computer.
先開電腦。

Dann komme ich ins Internet.
然後我上網。

Ich öffne das E-Mail-Postfach.
我打開電郵信箱。

Ich beantworte eine E-Mail, sende eine E-Mail und lösche viele E-Mails.
我回一封電子郵件，寄出一封電子郵件，並且刪除很多電子郵件。

Ich scanne einen Artikel, kopiere einen Text und drucke einen Bericht.
我掃瞄一篇文章，複製一篇短文，並且列印一篇報導。

Ich speichere eine Datei.
我儲存一個檔案。

Ich erstelle eine PPT.
我製作一份簡報。

Ich surfe im Internet.
我在網路瀏覽。

Ich lade Musik herunter.
我下載音樂。

Ich lade ein Video hoch.
我上傳一部影片。

Ich teile Fotos.
我分享照片。

Ich chatte.
我網路聊天。

Ich bin beschäftigt.
我很忙。

重點學習

1. es gibt（有）：

結構上：es是主詞，gibt為動詞，連接 Akkusativ受詞。主詞固定為 es，不可更換。絕
　　　　不可用人當作主詞。與 haben不同。

意義上：兩個字構成一個意思——「有」。

2. das WLAN唸做〔've: la:n〕：

就是我們所謂的Wi-Fi，無線區域網路。德國人的說法不一樣。

3. 重要單字： ◀MP3-35

das Internet 網際網路

das Internetcafe 網路咖啡廳、網咖

das E-Mail-Postfach 電子郵件信箱

die E-Mail, die E-Mails（, -s）電子郵件

der Artikel, die Artikel（, -）文章

der Text, die Texte（, -e）短文

der Bericht, die Berichte（, -e）報導

die Datei, die Dateien（, -en）檔案

die PPT 幻燈片、演示稿、簡報

das Video, die Videos（, -s）影片

das Foto, die Fotos（, -s）照片

4. 現在時態弱變化動詞：

brauchen（需要）＋Akkusativ受詞

ich 我	brauche	wir 我們	brauchen
du 你	brauchst	ihr 你們	braucht
er 他	braucht	sie 他們	brauchen
sie 她	braucht	Sie 您們	brauchen
Sie 您	brauchen		

starten（開機）＋Akkusativ受詞

ich 我	starte	wir 我們	starten
du 你	startest	ihr 你們	startet
er 他	startet	sie 他們	starten
sie 她	startet	Sie 您們	starten
Sie 您	starten		

öffnen（打開）＋Akkusativ受詞

ich 我	öffne	wir 我們	öffnen
du 你	öffnest	ihr 你們	öffnet
er 他	öffnet	sie 他們	öffnen
sie 她	öffnet	Sie 您們	öffnen
Sie 您	öffnen		

beantworten（回答）＋Akkusativ受詞

ich 我	beantworte	wir 我們	beantworten
du 你	beantwortest	ihr 你們	beantwortet
er 他	beantwortet	sie 他們	beantworten
sie 她	beantwortet	Sie 您們	beantworten
Sie 您	beantworten		

senden（寄發）＋Akkusativ受詞

ich 我	sende	wir 我們	senden
du 你	sendest	ihr 你們	sendet
er 他	sendet	sie 他們	senden
sie 她	sendet	Sie 您們	senden
Sie 您	senden		

löschen（刪除）＋Akkusativ受詞

ich 我	lösche	wir 我們	löschen
du 你	löschst	ihr 你們	löscht
er 他	löscht	sie 他們	löschen
sie 她	löscht	Sie 您們	löschen
Sie 您	löschen		

scannen（掃瞄）＋Akkusativ受詞

ich 我	scanne	wir 我們	scannen
du 你	scannst	ihr 你們	scannt
er 他	scannt	sie 他們	scannen
sie 她	scannt	Sie 您們	scannen
Sie 您	scannen		

kopieren（複製）＋Akkusativ受詞

ich 我	kopiere	wir 我們	kopieren
du 你	kopierst	ihr 你們	kopiert
er 他	kopiert	sie 他們	kopieren
sie 她	kopiert	Sie 您們	kopieren
Sie 您	kopieren		

drucken（列印）＋Akkusativ受詞

ich 我	drucke	wir 我們	drucken
du 你	druckst	ihr 你們	druckt
er 他	druckt	sie 他們	drucken
sie 她	druckt	Sie 您們	drucken
Sie 您	drucken		

speichern（儲存）＋Akkusativ受詞

ich 我	speichere	wir 我們	speichern
du 你	speicherst	ihr 你們	speichert
er 他	speichert	sie 他們	speichern
sie 她	speichert	Sie 您們	speichern
Sie 您	speichern		

erstellen（製作）＋Akkusativ受詞

ich 我	erstelle	wir 我們	erstellen
du 你	erstellst	ihr 你們	erstellt
er 他	erstellt	sie 他們	erstellen
sie 她	erstellt	Sie 您們	erstellen
Sie 您	erstellen		

surfen（衝浪，此處意思為「瀏覽」）

ich 我	surfe	wir 我們	surfen
du 你	surfst	ihr 你們	surft
er 他	surft	sie 他們	surfen
sie 她	surft	Sie 您們	surfen
Sie 您	surfen		

teilen（分享）＋Akkusativ受詞

ich 我	teile	wir 我們	teilen
du 你	teilst	ihr 你們	teilt
er 他	teilt	sie 他們	teilen
sie 她	teilt	Sie 您們	teilen
Sie 您	teilen		

chatten（網路聊天）

ich 我	chatte	wir 我們	chatten
du 你	chattest	ihr 你們	chattet
er 他	chattet	sie 他們	chatten
sie 她	chattet	Sie 您們	chatten
Sie 您	chatten		

＊herunter / laden（下載）＋Akkusativ受詞，hoch / laden（上傳）＋Akkusativ受詞。這兩個動詞是可分離動詞，現在時態是強變化，留待第5課、第6課，再做說明。

 **Wortschatz** 夯字彙 ◀MP3-36

Ein Formular 一份表格

以 Max Meyer為例，填寫右方表格：

Max Meyer, 34, ist Deutscher.

馬克思邁爾，34歲，是德國人。

Er ist Installateur von Beruf und wohnt in Hamburg.

他是水電工，住在漢堡。

Seine Adresse: Hirschstraße 14.

他的地址是赫許街14號。

Er ist 1982 in Bremen geboren.

他是1982年生於布萊梅。

Max ist verheratet und hat zwei Kinder, vier und zwei Jahre alt.

馬克思已婚，有2個孩子，4歲和2歲。

Seine Telefonnummer ist 0401438679.

他的電話號碼是0401438679。

Natürlich hat er auch eine E-Mail-Adresse: www.ichinstall@gmail.

他當然也有電子郵件地址：www.ichinstall@gmail。

Das Formular 表格

項目	填寫欄	
Anrede (Herr / Frau)	Herr	稱謂（先生 / 小姐）
Name (Familienname)	Meyer	姓氏
Vorname	Max	名字
Geburtsdatum	7.10.1982	出生日期
		（德國人寫法：日 / 月 / 年）
Geburtsort	Bremen	出生地
Staatsangehörigkeit	deutsch	國籍（填寫國名的形容詞）

Adresse:	住址	
Straße	Hirschstraße 14	街名＋屋號
PLZ (Postleitzahl)	22041	郵遞區號
Ort	Hamburg	市、鎮
Land	Deutschland	國家
E-Mail-Adresse	www.ichinstall@gmail	電子郵件地址
Telefonnummer	0401 438 679	電話號碼
Handynummer	0172 1552654	手機號碼

 **IN! Landeskunde 夯常識**

這些東西是德國人發明的？

從汽車、到阿斯匹靈、到核子分裂，一直以來德國給人的印象，是一個擁有許多開創性發明的國家。

除了重量級的發明之外，有一些用來順手、習以為常、甚至不很在意的工具和物品，居然也是德國人的發明。

打孔機

1884年11月14日，取得專利，從此成為辦公室文書資料整理不可或缺的「工具之王」，直到普遍使用電腦儲存資料為止，方才失去寶座。

MP3

是 Tüftler Karlheinz Brandenburg在1980年代初期，靈機一現，從此革新了音響世界。

電動鑽孔機

它的重要性，只要問問工匠業的朋友便可知。雖然是澳洲人於1889年所發明，卻是在1895年，德國人將它改造成攜帶式的機型之後，它才走紅，成為工作上和居家的寵兒。

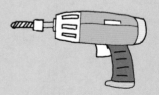

咖啡濾紙

這項產品的出現，證明了每一個人都有發明的潛能。1908年，德國家庭主婦 Melitta Bentz，為了改善咖啡渣造成的苦味，隨手拿一張紙來過濾，沒想到咖啡變得順口又美味。Melitta這個家族事業，也成了咖啡濾紙的同義字。

醫藥用防水膠帶

藥劑師 Oscar Troplowitz是個發明豐富的人，1901年，他將自己先前發明的一般膠帶，發展成醫療世界的新產品。

聖誕樹

沒想到吧！芬蘭拚觀光，大力宣傳以訛傳訛的聖誕老人村，但是，聖誕樹真真實實是發源於德國。1800年左右，富裕的市民家庭，流行擺放裝飾得琳瑯滿目的樅樹，只是當時是以水果、堅果、蠟燭來裝點。流傳至今，影響無遠弗屆。

計程車計費器

這絕對是「顧人怨」的發明！不過追溯緣由，是1891年 Friedrich Wilhelm Gustav Bruhn為汽車先驅 Gottlieb Daimler所設計的里程器，而後改造成計費器。

Fanta芬達汽水

為什麼芬達汽水在德國比在其他國家普遍？二次世界大戰時，美國禁運可口可樂至德國，於是可口可樂公司德國區主管 Max Keith研發了一款加入果肉的汽水，與美國一較高下，也成就了芬達成為德國國民飲料之一。

Übungen: Jetzt sind Sie an der Reihe!
練習：換你寫寫看！

I. 配配看！為問題找答案！

1. Wer bist du? (　　)   a. Ich heiße Peter Beier.

2. Wie heißen Sie? (　　)   b. Guten Morgen, Herr Beck!

3. Guten Morgen, Frau Miller! (　　)   c. Nicht so gut.

4. Wie geht es dir? (　　)   d. Ich bin Martin Beck.

5. Woher kommen Sie? (　　)   e. In Frankfurt.

6. Wo wohnst du? (　　)   f. Aus Deutschland.

7. Wie ist deine Handynummer? (　　)   g. Ich bin auch 20 Jahre alt.

8. Ich bin 20 Jahre alt. (　　)   h. Wie bitte? Noch einmal bitte!

9. Verstehen Sie jetzt? (　　)   i. Ja, ich spreche ein bisschen Deutsch.

10. Sprechen Sie Deutsch? (　　)   j. Nein.

II. 填填看：

ein, eine	der, das, die	er, es, sie
Da ist _____ UBS-Stick.	_____ UBS-Stick ist lustig.	_____ ist nicht teuer.
Da ist _____ Mauspad.	_____ Mauspad ist neu.	_____ ist schön.
Da ist _____ Maus.	_____ Maus ist teuer.	_____ kostet 15 Euro.
Da sind _____ UBS-Sticks.	_____ UBS-Sticks sind alt.	_____ sind kaputt.

III. 練習 Akkusativ變化：ein-或 kein-？

Braucht die Studentin ein____ Lineal, ein____ Textmarker, ein____ Schere, ein____ Notizblock, _____ Bleistifte?

Nein, sie braucht _____ Lineal, _____ Textmarker, _____ Schere, _____ Notizblock, _____ Bleistifte.

IV. 數字怎麼寫？

1. 201 _____

2. 433 _____

3. 5678 _____

4. 9012 _____

V. 請將中文句子翻譯成德文：

1. 您的職業是什麼？

   _____

2. Peter在哪裡出生的？

   _____

3. Peter需要這台筆記型電腦嗎？

   _____

4. 我打開電子郵件信箱。

   _____

第 **5** 課

Lektion fünf

Wir kochen zusammen.
我們一起做飯。

5-1 Das Frühstück 早餐 ◀MP3-37

1.

Jonas isst ein Brötchen mit Butter, Marmelade oder Honig zum Frühstück.
約拿斯早餐吃一個小麵包抹奶油、果醬或是蜂蜜。

Er trinkt ein Glas Milch.
他喝一杯牛奶。

Mia frühstückt zusammen mit ihrer Familie.
咪亞和她的家人一起吃早餐。

Sie isst dunkles Vollkornbrot und nimmt dazu Käse und Schinken.
她吃全麥黑麵包，加上乳酪和火腿。

Sie trinkt eine Tasse Kaffee.
她喝一杯咖啡。

2.

Isst du Müsli und Obst zum Frühstück?
你早餐吃什錦麥片和水果？

Ja, das ist gesund.
是的，那有益健康。

重點學習

1. 現在時態強變化動詞：

essen (er isst)（吃）

ich 我吃	esse	wir 我們吃	essen
du 你吃	isst (issst)	ihr 你們吃	esst
er 他吃	isst	sie (Pl.) 他們吃	essen
sie 她吃	isst	Sie 您（們）吃	essen

nehmen (er nimmt)（取用）

ich 我取用	nehme	wir 我們取用	nehmen
du 你取用	nimmst	ihr 你們取用	nehmt
er 他取用	nimmt	sie (Pl.) 他們取用	nehmen
sie 她取用	nimmt	Sie 您（們）取用	nehmen

現在時態「強變化」與「弱變化」的區別：

強變化只有在第二人稱單數「du」和第三人稱單數「er」、「sie」的變化上與弱變化的規則不同，其他人稱的變化規則與弱變化相同。強變化動詞「er」的形式必須強記，「du」的形式是從「er」做變化。

例如：nehmen (er nimmt)（取用）

ich 我	nehme	與弱變化同：去掉原形字尾 -en，加上規定的字尾 -e。
du 你	nimmst	以 er nimmt為依據，去掉字尾 -t，成為 nimm，加上字尾 -st。
er 他	nimmt	強記。
sie 她	nimmt	強記。
Sie 您	nehmen	與弱變化同：保持動詞的原形。
wir 我們	nehmen	與弱變化同：保持動詞的原形。

ihr 你們	nehmt	與弱變化同：去掉原形字尾 -en，加上規定的字尾 -t。
sie 他們	nehmen	與弱變化同：保持動詞的原形。
Sie 您們	nehmen	與弱變化同：保持動詞的原形。

例如：essen (er isst)（吃）

ich 我	esse	與弱變化同：去掉原形字尾 -en，加上規定的字尾 -e。
du 你	issst	以 er isst為依據，去掉字尾 -t，成為 iss，加上字尾 -st。
		因發音關係，去除字尾 -st的 s。
er 他	isst	強記。
sie 她	isst	強記。
Sie 您	essen	與弱變化同：保持動詞的原形。
wir 我們	essen	與弱變化同：保持動詞的原形。
ihr 你們	esst	與弱變化同：去掉原形字尾 -en，加上規定的字尾 -t。
sie 他們	essen	與弱變化同：保持動詞的原形。
Sie 您們	essen	與弱變化同：保持動詞的原形。

2. 現在時態弱變化動詞：

trinken（喝）

ich 我	trinke	wir 我們	trinken
du 你	trinkst	ihr 你們	trinkt
er 他	trinkt	sie (Pl.) 他們	trinken
sie 她	trinkt	Sie 您（們）	trinken

frühstücken（吃早餐）

ich 我	frühstücke	wir 我們	frühstücken
du 你	frühstückst	ihr 你們	frühstückt
er 他	frühstückt	sie (Pl.) 他們	frühstücken
sie 她	frühstückt	Sie 您（們）	frühstücken

3. 重要單字：das Lebensmittel, -（食物）🔊MP3-38

die Butter 奶油	der Schinken 火腿
die Marmelade 果醬	das Müsli 什錦麥片
der Honig 蜂蜜	das Obst 水果
das Brot 麵包	die Milch 牛奶
das Vollkornbrot 全穀麵包	der Kaffee 咖啡
das Brötchen, - 小麵包	das Mineralwasser 礦泉水
der Käse 乳酪	

4. 「mit」在這裡的意思：抹、加

Mia isst Brot mit Marmelade. 咪亞吃麵包抹果醬。

Ich trinke Kaffee mit Milch. 我喝咖啡加牛奶。

Jonas trinkt Tee mit Zucker. 約拿斯喝茶加糖。

5. 「frühstücken」和「essen」的區別：

· Ich frühstücke immer um sieben Uhr. 我總是在7點吃早餐。

　*「frühstücken」的意思就是「吃早餐」，通常不連接受詞。

· Ich esse ein Brötchen zum Frühstück. 我早餐吃一個小麵包。

　* essen＋受詞。「essen ... zum Frühstück」的意思是「早餐吃……」。

6. 用「量詞」計算數量： ◀MP3-39

die Tasse, -n 瓷杯	eine Tasse / zwei Tassen Kaffee 一 / 兩杯咖啡
das Glas, ̈er 玻璃杯、玻璃罐	ein Glas / drei Gläser Milch 一 / 三杯牛奶 ein Glas / drei Gläser Marmelade 一 / 三罐果醬
die Schale, -n 碗	eine Schale / vier Schalen Müsli 一 / 四碗什錦麥片
die Flasche, -n 瓶	eine Flasche / fünf Flaschen Mineralwasser 一 / 五瓶礦泉水
die Dose, -n 鋁罐	eine Dose / sechs Dosen Cola 一 / 六罐可樂

7. 用數字直接計量：

例如：zwei Schalen 兩碗

drei Flaschen 三瓶

vier Brötchen 四個小麵包

8. 大量或少量： ◀MP3-40

不可以用數字直接計量的名詞			可以用數字直接計量的名詞		
viel 很多	etwas 一些	wenig 很少	viele 很多	ein paar 一些	wenige 很少
Butter（奶油）、Marmelade（果醬）、Honig（蜂蜜）、Brot（麵包）、Käse（乳酪）、Schinken（火腿）、Müsli（什錦麥片）、Obst（水果）、Kaffee（咖啡）、Tee（茶）、Mineralwasser（礦泉水）			Brötchen（小麵包）、Tassen（瓷杯）、Gläser（玻璃杯）、Schalen（碗）、Dosen（鋁罐）、Flaschen（瓶）		

5-2 Das Mittagessen und das Abendessen
午餐和晚餐 MP3-41

Um zwölf Uhr esse ich zu Mittag.
我12點吃午飯。

Das Mittagessen ist die Hauptmahlzeit des Tages.
午餐是一天最重要的一餐。

Man isst warm.
人們吃熱食。

Es gibt Kartoffeln oder Reis, Gemüse und Fleisch.
有馬鈴薯或米飯、蔬菜以及肉類。

Manchmal esse ich ein Fischgericht oder ein Eiergericht.
我有時候會吃魚料理或是蛋類的菜餚。

In Deutschland isst man abends gewöhnlich Brot, Käse, Wurstaufschnitt und Salat, also kalt.
在德國，晚上通常吃麵包、乳酪、香腸片和沙拉，也就是冷食。

Und man trinkt schwarzen Tee oder Kräutertee.
喝紅茶或是花草茶。

Manchmal isst man auch eine warme Suppe.
偶爾也吃個熱湯。

重點學習

1. es gibt（有）：

結構上：「es」是主詞，「gibt」為動詞，連接「Akkusativ受詞」。主詞固定為
「es」，不可更換。絕不可用人稱當作主詞。與「haben」不同。

意義上：兩個字構成一個意思「有」。

・haben：

Ich habe ein paar Brötchen. 我有一些小麵包。

Jonas hat Käse. 約拿斯有乳酪。

Hast du Marmelade? 你有果醬嗎？

・es gibt：

Es gibt in Taipei viele Restaurants. 在台北有許多餐廳。

Gibt es hier auch Kinos? 這裡也有電影院嗎？

Wo gibt es hier ein Restaurant? 這邊哪裡有餐廳？

2. 重要單字：das Lebensmittel, - （食物） ◀MP3-42

die Kartoffel, -n 馬鈴薯

der Reis 米、飯

das Gemüse 蔬菜

das Fleisch 肉類（不包括魚類）

der Fisch 魚、魚類

das Ei, -er 蛋

das Gericht, -e 菜餚、料理

der Wurstaufschnitt 香腸片

der Salat 生菜沙拉

der Tee 茶

die Suppe, -n 湯

3. 大量或少量： MP3-43

不可以用數字直接計量的名詞			可以用數字直接計量的名詞		
viel 很多	etwas 一些	wenig 很少	viele 很多	ein paar 一些	wenige 很少
Tee（茶）、Kräutertee（花草茶）、 Reis（米飯）、Gemüse（蔬菜）、 Fleisch（肉類）、 Wurstaufschnitt（香腸片）			Kartoffeln（馬鈴薯）、Eier（蛋）		

4. 三餐進食：

Mia frühstückt oft mit ihrer Familie. → 吃早餐：一個動詞就可表達清楚

咪亞時常和家人吃早餐。

Wann esst ihr gewöhnlich zu Mittag? → 吃中餐：必須用片語表達

你們通常什麼時候吃中餐？

Wir essen jetzt zu Abend. → 吃晚餐：必須用片語表達

我們現在吃晚餐。

5. 時間單位： MP3-44

um 12 Uhr（在12點）：介係詞「um」+「... Uhr」（……點鐘）。意思是「在……點鐘」。

例如：um ein Uhr（在1點鐘）、um zwei Uhr（在2點鐘）、um 7 Uhr（在7點鐘）、um 10 Uhr（在10點鐘）。

abends（在晚上）

時間副詞：

immer 總是

oft 常常、經常

manchmal 有時候、偶爾

selten 不常、很少

nie 從來不

gewöhnlich 習慣上、通常

6. man：

文法規則上：指「人」，但是不特定指誰的代名詞，通常指的是「大眾」。文法規定
這個字為第三人稱單數：Man isst abends kalt.（晚上吃冷食。）

意義上：人們、大家。

7. 熱食或冷食： ◀MP3-45

warm 暖的、熱的

kalt 冷的

5-3 Bayerischer Kartoffelsalat
巴伐利亞馬鈴薯沙拉 ◀MP3-46

1.

Heute mache ich Bayerischen Kartoffelsalat für vier Personen.
我今天要做四人份的巴伐利亞馬鈴薯沙拉。

Das ist mein Lieblingsessen.
這是我最愛的食物。

Moment, ich hole das Rezept!
等一下，我去拿食譜來！

2.

Zutaten 食材

1 Kg Kartoffeln	一公斤馬鈴薯
2 Zwiebeln	兩個洋蔥
1/4 L Gemüsebrühe	四分之一公升蔬菜高湯
6 EL Essig	六大匙醋
4 EL Öl	四大匙油
1/2 Salatgurke	半條黃瓜
1 Bund Petersilie	一小把香菜
Salz	鹽
Pfeffer	黑胡椒

3.

Zu Hause gibt es keine Kartoffeln mehr.
家裡沒有馬鈴薯了。

Und ich brauche noch Zwiebeln und eine Salatgurke.
而且我還需要洋蔥和一條黃瓜。

4.

Jetzt gehe ich einkaufen.
我現在去採買。

重點學習

1. 現在時態弱變化動詞：

machen（做）

ich 我	mache	wir 我們	machen
du 你	machst	ihr 你們	macht
er 他	macht	sie (Pl.) 他們	machen
sie 她	macht	Sie 您（們）	machen

holen（去拿來）

ich 我	hole	wir 我們	holen
du 你	holst	ihr 你們	holt
er 他	holt	sie (Pl.) 他們	holen
sie 她	holt	Sie 您（們）	holen

2. 重要單字：食材與調味料 ◀MP3-47

die Kartoffel, -n 馬鈴薯

die Zwiebel, -n 洋蔥

der Kartoffelsalat 馬鈴薯沙拉

das Lieblingsessen 最喜愛的食物

das Rezept, -e 食譜

die Zutat, -en 烹飪材料、食材

das Gemüse 蔬菜

die Brühe, -n 高湯

die Gemüsebrühe 蔬菜高湯

der Essig 醋

das Öl 食油

die Salatgurke, -n 黃瓜

die Petersilie 香菜

der Bund, die Bünde 小把

der Salz 鹽

der Pfeffer 黑胡椒

der Zucker 糖

3. 量詞： ◀MP3-48

g	Gramm	公克
Kg	Kilogramm	公斤
Pf	Pfund	磅
L	Liter	公升
ml	Milliliter	毫升
EL	Esslöffel	大匙
TL	Teelöffel	小匙

用「量詞」計算數量：

die Packung, -en 包	eine Packung / zwei Packungen Zucker 一 / 兩包糖
der Sack, die Säcke 布袋、網袋	ein Sack / drei Säcke Kartoffeln 一 / 三袋馬鈴薯
der Becher, - 杯	ein Becher / vier Becher Joghurt 一 / 四杯優格
die Kiste, -n 箱	eine Kiste / fünf Kisten Mineralwasser 一 / 五箱礦泉水
das Stück, -e 塊	ein Stück / sechs Stücke Käse 一 / 六塊乳酪

＊只有幾個量詞，不使用複數型，例如：Stück。

1/2 Salatgurke＝eine halbe Salatgurke 半條黃瓜

1/2 Kartoffel＝eine halbe Kartoffel 半個馬鈴薯

1/2 Zwiebel＝eine halbe Zwiebel 半個洋蔥

1/4 Liter＝ein Viertel Liter 四分之一公升

3/4 Liter＝drei Viertel Liter 四分之三公升

4. 大量或少量：🔊MP3-49

不可以用數字直接計量的名詞			可以用數字直接計量的名詞		
viel 很多	etwas 一些	wenig 很少	viele 很多	ein paar 一些	wenige 很少
Essig（醋）、Öl（油）、Salz（鹽）、 Zucker（糖）、Pfeffer（胡椒）、 Petersilie（香菜）、Gemüse（蔬菜）、 Brühe（高湯）			Kartoffeln（馬鈴薯）、 Zwiebeln（洋蔥）、Rezepte（食譜）、 Zutaten（食材）		

5. 否定：

kein- ... mehr（不再有……了）

Ich habe Kartoffeln / Zwiebeln / Eier. 我有馬鈴薯 / 洋蔥 / 蛋。

Ich habe keine Kartoffeln / Zwiebeln / Eier. 我沒有馬鈴薯 / 洋蔥 / 蛋。

Ich habe noch Kartoffeln / Zwiebeln / Eier. 我還有馬鈴薯 / 洋蔥 / 蛋。

Ich habe keine Kartoffeln / Zwiebeln / Eier mehr.

我沒有（不再有）馬鈴薯 / 洋蔥 / 蛋了。

6. 延伸單字：台灣常見的蔬菜和水果 🔊MP3-50

der Apfel, die Äpfel 蘋果

die Ananas, - 鳳梨

die Banane, -n 香蕉

die Birne, -n 梨子

die Drachenfrucht, die Drachenfrüchte 火龍果

die Erdbeere, -n 草莓

die Grapefruit, -s 葡萄柚

die Guave, -n 芭樂、番石榴

die Aubergine, -n 茄子

der Blumenkohl, -e 白花椰菜

der Brokkoli 綠花椰菜

der Chinakohl, -e 大白菜

die Gurke, -n 黃瓜

die Kartoffel, -n 馬鈴薯

der Knoblauch 蒜頭

die Karotte, -n 紅蘿蔔

die Honigmelone, -n 黃皮香瓜

die Kaki, -s 柿子

die Kirsche, -n 櫻桃

die Kiwi, -s 奇異果

die Kumquat, -s 金桔

die Limette, -n 綠檸檬

die Zitrone, -n 黃檸檬

die Litschi, -s 荔枝

die Mandarine, -n 橘子

die Mango, -s 芒果

die Maracuja, -s 百香果

die Mispel, -n 枇杷

die Orange, -n 柳橙

die Papaya, -s 木瓜

die Pomelo, -s 柚子

die Traube, -n 葡萄

die Weintraube, -n 葡萄

die Sternfrucht, die Sternfrüchte 楊桃

die Wassermelone, -n 西瓜

die Zuckermelone, -n 哈密瓜

der Paprika, -s 青椒、紅椒、黃椒

der Pilz, -e 菇

der Rotkohl, -e 紫紅包心菜

der Kopfsalat, -e 結球萵苣、生菜

der Spargel 蘆筍

der Spinat, -e 菠菜

die Tomate, -n 番茄

der Weißkohl, -e (der Kohlkopf) 包心菜

die Zwiebel, -n 洋蔥

der Kürbis, -se 南瓜

der Mais, -e 玉米

die Süßkartoffel, -n 地瓜

der Rettich, -e 白蘿蔔

der Stangensellerie 芹菜

die Frühlingzwiebel, -n 蔥

der Porree, -s (der Lauch, -e) 蒜苗

der Ingwer, - 薑

die Sojasoße 醬油

5-4 Waschen Sie die Kartoffeln.
請你洗馬鈴薯。 MP3-51

1.

Waschen Sie die Kartoffeln.
請你清洗馬鈴薯。

Kochen Sie sie 25-30 Minuten im Salzwasser.
將馬鈴薯在鹽水中煮25至30分鐘。

Schälen Sie die Kartoffeln noch warm.
馬鈴薯還溫熱時去皮。

Schneiden Sie sie in Scheiben.
將它們切片。

2.

Schälen Sie die Zwiebeln.
請你將洋蔥去皮。

Schneiden Sie die Zwiebeln in Würfel.
將洋蔥切丁。

Kochen Sie die Zwiebelnwürfel in der Brühe.
將洋蔥丁在蔬菜高湯中川燙。

Gießen Sie die Brühe heiß über die Kartoffeln.
請將高湯熱熱地淋到馬鈴薯上面。

Mischen Sie Essig und Öl mit Kartoffeln rasch.
快速地將醋和油與馬鈴薯攪拌。

3.

Schälen Sie die Salatgurke und schneiden Sie sie in Scheiben.
請將黃瓜削皮切片。

Hacken Sie Petersilie klein.
將香菜剁碎。

Geben Sie Gurkenscheiben zu den Kartoffeln.
將黃瓜片放進馬鈴薯裡。

Streuen Sie Petersilie.
撒入香菜。

Würzen Sie das Ganze mit Salz und Pfeffer.
以鹽和黑胡椒調味。

重點學習

1. 命令句：

表達：指示或要求。

對象：最常用於對「第二人稱單、複數」以及「第一人稱複數」做指示或要求。也就是針對「du」（你）、「ihr」（你們）、「Sie」（您／您們）以及「wir」（我們）。

結構：在這一課我們先認識「對象Sie」的命令句。

主詞為「Sie」的敘述句：Sie waschen die Kartoffeln. 您清洗馬鈴薯。

對象「Sie」的命令句：將「動詞」放置於句首，「Sie」移到第二位，即完成。Waschen Sie die Kartoffeln. 請您清洗馬鈴薯。

一般句型	Imperativ 命令句
Sie kochen. 你煮。	Kochen Sie. 你煮。
Sie schälen. 你去皮。	Schälen Sie. 你去皮。
Sie schneiden. 你切。	Schneiden Sie. 你切。
Sie gießen. 你淋。	Gießen Sie. 你淋。
Sie mischen. 你攪拌。	Mischen Sie. 你攪拌。
Sie hacken. 你剁碎。	Hacken Sie. 你剁碎。
Sie geben. 你放入。	Geben Sie. 你放入。
Sie streuen. 你撒。	Streuen Sie. 你撒。
Sie würzen. 你調味。	Würzen Sie. 你調味。

2. 現在時態強變化動詞：

waschen（洗）

ich 我洗	wasche	wir 我們洗	waschen
du 你洗	wäschst	ihr 你們洗	wascht
er 他洗	wäscht	sie (Pl.) 他們洗	waschen
sie 她洗	wäscht	Sie 您（們）洗	waschen

geben（給）

ich 我給	gebe	wir 我們給	geben
du 你給	gibst	ihr 你們給	gebt
er 他給	gibt	sie (Pl.) 他們給	geben
sie 她給	gibt	Sie 您（們）給	geben

3. 現在時態弱變化動詞：

gießen（澆）

ich 我	gieße	wir 我們	gießen
du 你	gießst	ihr 你們	gießt
er 他	gießt	sie (Pl.) 他們	gießen
sie 她	gießt	Sie 您（們）	gießen

mischen（混合）

ich 我	mische	wir 我們	mischen
du 你	mischst	ihr 你們	mischt
er 他	mischt	sie (Pl.) 他們	mischen
sie 她	mischt	Sie 您（們）	mischen

kochen（煮）

ich 我	koche	wir 我們	kochen
du 你	kochst	ihr 你們	kocht
er 他	kocht	sie (Pl.) 他們	kochen
sie 她	kocht	Sie 您（們）	kochen

schälen（去皮）

ich 我	schäle	wir 我們	schälen
du 你	schälst	ihr 你們	schält
er 他	schält	sie (Pl.) 他們	schälen
sie 她	schält	Sie 您（們）	schälen

hacken（剁碎）

ich 我	kacke	wir 我們	hacken
du 你	hackst	ihr 你們	hackt
er 他	hackt	sie (Pl.) 他們	hacken
sie 她	hackt	Sie 您（們）	hacken

streuen（撒）

ich 我	streue	wir 我們	streuen
du 你	streust	ihr 你們	streut
er 他	streut	sie (Pl.) 他們	streuen
sie 她	streut	Sie 您（們）	streuen

schneiden（切）

ich 我	schneide	wir 我們	schneiden
du 你	schneidest	ihr 你們	schneidet
er 他	schneidet	sie (Pl.) 他們	schneiden
sie 她	schneidet	Sie 您（們）	schneiden

würzen（調味）

---

ich 我	würze	wir 我們	würzen
du 你	würzst	ihr 你們	würzt
er 他	würzt	sie (Pl.) 他們	würzen
sie 她	würzt	Sie 您（們）	würzen

4. 量詞： ◀MP3-52

die Scheibe, -n 片	eine Scheibe Wurst / Schinken / Toast 一片香腸 / 火腿 / 吐司麵包
der Würfel, - 骰子、立方體	

Mia schneidet eine Kartoffel in Scheiben. 咪亞將一顆馬鈴薯切片。

in Würfel. 切丁。

5-5 Wie köstlich! 太好吃了！ ◀MP3-53

1.

Guten Appetit!
祝您好胃口！

Danke, gleichfalls!
謝謝，也祝您好胃口！

Greifen Sie zu!
開動吧！／吃吧！

Schmeckt der Kartoffelsalat?
馬鈴薯沙拉好吃嗎？

Er schmeckt sehr gut. Er ist köstlich!
味道很好。真好吃！

Ich möchte noch etwas Suppe.
我還要一些湯。

Nehmen Sie doch noch etwas Schweinefleisch.
您再拿一些豬肉。

Danke, gern.
謝謝，好的。

Nein danke, ich bin satt.
不用了，謝謝。／不用了，我飽了。

Ich habe genug.
我飽了。

Prost! Auf Ihr Wohl!
乾杯！祝您安康！（為您的安康而飲！）

2.

Jonas isst wenig, denn er hat keinen Hunger.

約拿斯吃得很少，因為他不餓。

Er hat Durst, deshalb trinkt er zwei Gläser Apfelsaft.

他渴了，所以他喝兩杯蘋果汁。

Hanna mag kein Kotelett. Sie isst nicht gern Kotelett, denn das ist zu fett.

漢娜不喜歡吃豬肋排。她不喜歡吃豬肋排，因為那太油膩。

Sie isst lieber Fisch.

她比較喜歡吃魚。

Kuchen ist sehr süß, aber Mia isst gern Kuchen.

蛋糕很甜，可是咪亞愛吃蛋糕。

Ben tut immer viel Zucker in den Kaffee.

班總是放很多糖到咖啡裡。

Warum probierst du den Nudelsalat nicht?

你為什麼不嘗一嘗涼拌通心麵？

重點學習

1. 祝福與回應： 🔊MP3-54

A：Schönes Wochenende! 週末快樂！

B：Danke, gleichfalls / ebenfalls! 謝謝，你也一樣！

2. 現在時態弱變化動詞：

schmecken（嘗起來）

ich 我	---	wir 我們	---
du 你	---	ihr 你們	---
er 他	schmeckt	sie (Pl.) 他們	schmecken
sie 她	schmeckt	Sie 您（們）	---

tun（做、放）

ich 我	tue	wir 我們	tun
du 你	tust	ihr 你們	tut
er 他	tut	sie (Pl.) 他們	tun
sie 她	tut	Sie 您（們）	tun

probieren（嘗試）

ich 我	probiere	wir 我們	probieren
du 你	probierst	ihr 你們	probiert
er 他	probiert	sie (Pl.) 他們	probieren
sie 她	probiert	Sie 您（們）	probieren

3. 助動詞變化：

möchten（想要）

ich 我	möchte	wir 我們	möchten
du 你	möchtest	ihr 你們	möchtet
er 他	möchtet	sie (Pl.) 他們	möchten
sie 她	möchtet	Sie 您（們）	möchten

mögen（喜歡）

ich 我	mag	wir 我們	mögen
du 你	magst	ihr 你們	mögt
er 他	mag	sie (Pl.) 他們	mögen
sie 她	mag	Sie 您（們）	mögen

4. 重要單字： ◀ MP3-55

das Schweinefleisch 豬肉	das Kotelett 帶骨肉排
der Hunger 飢餓	der Kuchen 蛋糕
der Durst 渴	der Zucker 糖
der Apfelsaft 蘋果汁	der Nudelsalat 涼拌通心麵

5. 口感、味覺： ◀ MP3-56

Die Suppe schmeckt sehr gut.＝Die Suppe ist köstlich / lecker.

湯味道很美味可口 / 好吃。

Die Suppe ist süß / salzig / bitter / sauer / scharf / fett.

湯是甜的 / 鹹的 / 苦的 / 酸的 / 辣的 / 油膩的。

6. 餓與渴： ◀MP3-57

· Hast du Hunger?

你餓嗎？

-- Ja, ich bin hungrig.

是的，我餓了。

· Haben Sie Durst?

您渴嗎？

-- Ja, ich bin durstig.

是的，我渴了。

7. 不以數字直接計算的名詞，其否定形式是「kein-」，不是nicht。

Ist das Saft?	Ja, das ist Saft.	Nein, das ist kein Saft.
這是果汁嗎？	是的，這是果汁。	不是，這不是果汁。
Ist das Obst?	Ja, das ist Obst.	Nein, das ist kein Obst.
這是水果嗎？	是的，這是水果。	不是，這不是水果。
Ist das Milch?	Ja, das ist Milch.	Nein, das ist keine Milch.
這是牛奶嗎？	是的，這是牛奶。	不是，這不是牛奶。

· Hast du Hunger? 你餓嗎？

-- Ja, ich habe Hunger. 是的，我餓了。

-- Nein, ich habe keinen Hunger. 不，我不餓。

· Hat Ben Durst? 班渴嗎？

-- Ja, er hat Durst. 是的，他渴了。

-- Nein, er hat keinen Durst. 不，他不渴。

· Möchtest du Bier? 你想要啤酒嗎？

  -- Ja, ich möchte Bier. 是的，我想要啤酒。

  -- Nein, ich möchte kein Bier. 不，我不想要啤酒。

· Mag Hanna Milch? 漢娜喜歡喝牛奶嗎？

  -- Ja, sie mag Milch. 是的，她喜歡喝牛奶。

  -- Nein, sie mag keine Milch. 不，她不喜歡喝牛奶。

· Isst du Gemüse? 你吃蔬菜嗎？

  -- Ja, ich esse Gemüse. 是的，我吃蔬菜。

  -- Nein, ich esse kein Gemüse. 不，我不吃蔬菜。

8. 副詞：gern（喜歡）/ nicht gern（不喜歡）🔊MP3-58

Jonas isst Fisch. 約拿斯吃魚。   Er isst keinen Fisch. 他不吃魚。

Jonas isst gern Fisch. 約拿斯愛吃魚。   Er isst nicht gern Fisch. 他不愛吃魚。

9. 副詞：gern（喜歡）/ lieber（比較喜歡）/ am liebsten（最喜歡）🔊MP3-59

Mia mag keine Äpfel (＝Mia isst nicht gern Äpfel), sie isst lieber Bananen.
咪亞不喜歡吃蘋果，她比較喜歡吃香蕉。

Ben mag keinen Kaffee (＝Ben trinkt nicht gern Kaffee), er trinkt lieber Tee.
班不喜歡喝咖啡，他比較喜歡喝茶。

Kartoffelsalat ist mein Lieblingsessen. Ich esse am liebsten Kartoffelsalat.
馬鈴薯沙拉是我最愛的食物。我最喜歡吃馬鈴薯沙拉。

10. denn（因為）– aber（但是）– deshalb（所以）：

「denn」和「aber」是連接詞，將兩個句子連結起來。

· Hanna mag kein Kotelett,　denn　das ist zu fett.

　　　I.　II.　　　　　　　　　I. II.

　　敘述句，動詞在第二單位　　　　敘述句，動詞在第二單位

　　漢娜不喜歡吃豬肋排，因為那太油膩。

· Der Kuchen ist sehr süß,　aber　Hanna mag Kuchen.

　　　　I.　II.　　　　　　　　I.　II.

　　敘述句，動詞在第二單位　　　敘述句，動詞在第二單位

　　蛋糕很甜，可是漢娜愛吃蛋糕。

「deshalb」是副詞，在句子裡佔一個單位。

Schweinefleisch ist fett,　　deshalb　　mag Mia kein Schweinefleisch.

　　　I.　　II.　　　I.　　　　II.

敘述句，動詞在第二單位　敘述句，動詞在第二單位

豬肉油膩，所以咪亞不喜歡吃豬肉。

IN! Wortschatz 夯字彙 ◀MP3-60

使用這些字彙，你可以表達得更多！！

der Nachtmarkt 夜市

der Imbiss, -e 小吃、點心

der Imbissstand, die Imbissstände 小吃攤

das Dampfbrot, - 饅頭

das gefüllte Dampfbrötchen, - 包子

der Pfannekuchen 煎餅

das Teeei, -er 茶葉蛋

der Stinketofu 臭豆腐

der Feuertopf 火鍋 （Wir essen Feuertopf. 我們吃火鍋。）

die Süßigkeit, -en 甜零食

die Schokolade 巧克力

der Lolli, -s 棒棒糖

das Gummibärchen, - 小熊軟糖

der Kaugummi 口香糖

die Zuckerwatte 棉花糖

die Eiscreme 冰淇淋

das Bio-Lebensmittel, - 有機食品

das Genveränderte Lebensmittel, - 基因改造食品

der Lebensmittelskandal, -e 食品安全醜聞

der Vegetarier, - / die Vegetarierin, -nen 男性素食者 / 女性素食者

der Veganer, - / die Veganerin, -nen 男性純素食者 / 女性純素食者

一則溫馨的食譜：

所謂「感情加入鍋，垂涎三尺多」，烹飪意味的並不只是將食材匯合煮熟而已！

Kochen ist Liebe		烹飪就是愛
100 g	Liebe	100公克愛心
1 Prise	Leidenschaft	一撮熱情
1 Esslöffel	Zeit	一大匙時間
3 Pfund	Geschmacksknospen	三磅味蕾
1 Becher	geschärfte Sinne	一杯靈敏的感官
50 g	Musse	50公克悠遊其間的心境

 **Landeskunde**  常識

和香腸有關的俗語

德國人是愛吃香腸的民族,有著香煎香腸、肝製香腸或是煙燻香腸等各式各樣的香腸。然而,香腸不僅是美食,還和德國人常用的俗語息息相關。

・Alles hat ein Ende, nur die Wurst hat zwei.

　一切事物都有一個終點,只有香腸有兩個。

這句俗語,在中古時期就已經流傳,存在至今已有六、七百年歷史了。

前半句,含意清晰:一切事物都有一個終端、終點。

後半句,則語帶戲謔:香腸有兩端,不管你從哪一端咬,總有吃完的時候。

・Das ist mir wurscht. 我無所謂。/對我而言都一樣。

這裡的「wurscht」是德國南部「Wurst」的發音,所以這句話是「Das ist mir wurst.」,意思是:「我無所謂。對我而言都一樣」。和我們常說的「Das ist mir egal.」意思相同。

・eine Extrawurst kriegen.

字面的意思是:獲取一根額外的香腸。

其實指的是:多爭取點什麼。例如:買菜時,多要點兒葱薑。

・Es geht um die Wurst.

你相信嗎？這句話居然可以追溯到古希臘時期，詩人荷馬所寫的史詩《奧迪賽》（Odyssee）中的用語。從前，民間競賽的獎品就是香腸！匪夷所思嗎？這項獎品，對窮人而言可是一頓大餐哪！

字面的意思是：事關香腸！

我們將它稍做修飾：事關勝負，要努力加油！

・Armes Würstchen!

字面的意思是：可憐的小香腸！

其實指的是：一種親切的、戲謔的、表達同情的說法。

中文說：「三個臭皮匠勝過一個諸葛亮」，意在「集思廣益，解決問題」，但是在烹飪聖地──廚房裡，這句話是行不通的，只能有一個主廚來掌握味道，否則，七嘴八舌地，就會壞了一鍋粥：

Viele Köche verderben den Brei. 太多廚師會毀了一鍋粥。（意思：人多嘴雜。）

Übungen: Jetzt sind Sie an der Reihe!
練習：換你寫寫看！

I. 德文怎麼寫？

1. 一片乳酪 _____ _____ _____

2. 兩碗飯 _____ _____ _____

3. 三磅肉 _____ _____ _____

4. 四個蛋 _____ _____

5. 五杯茶 _____ _____

6. 一些蜂蜜 _____ _____

7. 一大匙油 _____ _____ _____

8. 兩包糖 _____ _____ _____

9. 三公升果汁 _____ _____ _____

10. 幾種食材 _____ _____ _____

11. 很少鹽 _____ _____

12. 許多馬鈴薯 _____ _____

II. kein, keine, keinen, X?

1. Das ist _____ Tasse. Das ist ein Glas.

2. Das sind Zwiebeln. Das sind _____ Kartoffeln.

3. Das ist _____ Brötchen. Das ist ein Ei.

4. Ich schneide Kartoffeln. Ich schneide _____ Zwiebeln.

5. Mia trinkt leider _____ Kaffee. Sie trinkt nur _____ Mineralwasser.

6. Du magst _____ Schinken. Wir mögen leider _____ Schinken.

III. 請將下列句子填寫完整。

1. _____ Sie Essig! 請您拿醋來！

2. Ich esse ein Brötchen _____ _____. 我早餐吃一個小麵包。

3. Wir _____ um 6 Uhr _____ _____. 我們6點吃晚飯。

4. _____ der Fisch? 魚味道好嗎？

5. Das Kotellet ist _____. 帶骨肉排很好吃。

6. _____ du _____ Eier? 你喜歡剝蛋嗎？

7. _____ du Gemüse? 你愛吃蔬菜嗎？

8. In Deutschland _____ man abends kalt. 在德國晚上吃冷食。

9. Wer _____ Kaffee? 誰煮咖啡？

10. Es _____ abends Kartoffelsalat. 晚上有馬鈴薯沙拉。

11. Mia _____ etwas Salat. 咪亞拿一些沙拉。

12. Wann _____ Lukas? 盧卡斯什麼時候吃早飯？

13. _____ du noch etwas Salat? 你還想要一些沙拉嗎？

14. Hanna _____ eine Tasse. 漢娜洗一個杯子。

15. Der Koch _____ Fleisch klein. 廚師把肉剁碎。

IV. 請將下列句子翻譯成德文。

1. 他不喝水，因為他不渴。

_____

2. 湯太辣了，可是她喜歡喝這湯。

_____

第 **6** 課

Lektion sechs

Kleider machen Leute
人要衣裝

Schwerpunkte der Lektion 學習重點

Inhalt 內容：

1. 衣物的名稱、顏色、特色＋不同場合的穿著
2. 買衣服的過程：尋找、詢價、尺寸、試穿、付帳＋退換衣服
3. 服飾潮流
4. Jetzt sind Sie an der Reihe! 換你寫寫看！──練習題
5. IN 夯字彙：德國民謠──我所有衣服都是綠色的
6. IN 夯常識：德國的傳統服飾

Satzstrukturen und Regeln 句型與文法規則：

1. 複習：動詞現在時態強變化
2. 助動詞：wollen（要、願意）/ können（有能力、有可能）
3. 所有格：mein（我的）/ dein（你的）/ sein（他的）/ ihr（她的）
   　　　　 unser（我們的）/ euer（你們的）/ ihr（他們的）
   　　　　 Ihr（您（們）的）
4. 名詞：受格 Dativ形式（也稱為：名詞第三格）
5. 副詞：地點位置

6-1 Kleidung und Farben 衣服與顏色 🔊MP3-61

Die Jacke hier ist weiß, aber meine Jacke ist schwarz.

這裡這件外套是白色的，可是我的外套是黑色的。

Der Schal da ist rot, aber mein Schal ist grün.

那裡那條圍巾是紅色的，可是我的圍巾是綠色的。

Das T-Shirt hier ist blau, aber mein T-Shirt ist gelb.

這裡這件T恤是藍色的，可是我的T恤是黃色的。

Die Schuhe da sind hoch, aber meine Schuhe sind flach.

那裡的鞋是高跟的，可是我的鞋是平底的。

Die Sportschuhe hier sind braun, und meine Sportschuhe sind auch braun.

這裡的運動鞋是棕色的，我的運動鞋也是棕色的。

重點學習

1. 重要單字：其他衣物 ◀MP3-62

der Hut, die Hüte 有帽沿的帽子

die Mütze, -n 無帽沿的帽子

die Kappe, -n 鴨舌帽

der Handschuh, -e 手套（通常使用複數形式，單數指一隻手套）

der Stiefel, - 長統靴（通常使用複數形式，單數指一隻靴子）

die Socke, -n 短襪（通常使用複數形式，單數指一隻襪子）

der Strumpf, die Strümpfe 長襪（通常使用複數形式，單數指一隻襪子）

der Hausschuh, -e 居家拖鞋（通常使用複數形式，單數指一隻拖鞋）

2. 重要單字：顏色和形容詞 ◀MP3-63

weiß 白色的   schwarz 黑色的

rot 紅色的   grün 綠色的

blau 藍色的   gelb 黃色的

braun 棕色的   bunt 色彩繽紛的

hoch 高的、高跟的   flach 平的、平底的

modern 流行的、時尚的   altmodisch 老式的、舊款的

aus Mode 不時尚的   sportlich 運動的

3. 副詞：hier（這裡）/ da（那裡）

Ein Hut ist hier. 一頂帽子在這裡。

Eine Mütze ist da. 一頂帽子在那裡。

Der Hut hier ist altmodisch. 這裡這頂帽子是老式的。

Die Mütze da ist modern. 那裡那頂帽子很時尚。

4. 所有格＋名詞：

人稱	所有格＋陽性名詞（der）	所有格＋中性名詞（das）	所有格＋陰性名詞（die）	所有格＋複數名詞（die）
ich 我	mein Hut	mein T-Shirt	meine Jacke	meine Socken
du 你	dein Hut	dein T-Shirt	deine Jacke	deine Socken
er 他	sein Hut	sein T-Shirt	seine Jacke	seine Socken
sie 她	ihr Hut	ihr T-Shirt	ihre Jacke	ihre Socken
wir 我們	unser Hut	unser T-Shirt	unsere Jacke	unsere Socken
ihr 你們	euer Hut	euer T-Shirt	euere Jacke	euere Socken
sie 他們	ihr Hut	ihr T-Shirt	ihre Jacke	ihre Socken
Sie 您（們）	Ihr Hut	Ihr T-Shirt	Ihre Jacke	Ihre Socken

所有格連結名詞時：

名詞為陽性名詞，也就是定冠詞為「der」之名詞，單純地將所有格＋名詞即可。

名詞為中性名詞，也就是定冠詞為「das」之名詞，單純地將所有格＋名詞即可。

名詞為陰性名詞，也就是定冠詞為「die」之名詞，所有格必須先加 e再＋名詞。

名詞為複數名詞，其定冠詞也為「die」，所有格必須先加 e再＋名詞。

＊ 請注意：euer＋字尾 e時，必須去除字中之 -e。

5. 所有格＋名詞 Akkusativ形式：

人稱	所有格＋陽性名詞（den）	所有格＋中性名詞（das）	所有格＋陰性名詞（die）	所有格＋複數名詞（die）
ich 我	meinen Hut	mein T-Shirt	meine Jacke	meine Socken
du 你	deinen Hut	dein T-Shirt	deine Jacke	deine Socken
er 他	seinen Hut	sein T-Shirt	seine Jacke	seine Socken
sie 她	ihren Hut	ihr T-Shirt	ihre Jacke	ihre Socken
wir 我們	unseren Hut	unser T-Shirt	unsere Jacke	unsere Socken

ihr 你們	eueren Hut	euer T-Shirt	euere Jacke	euere Socken
sie 他們	ihren Hut	ihr T-Shirt	ihre Jacke	ihre Socken
Sie 您（們）	Ihren Hut	Ihr T-Shirt	Ihre Jacke	Ihre Socken

所有格連結名詞 Akkusativ形式時：

陽性名詞定冠詞為「den」，所有格＋en 然後再＋名詞。

中性名詞定冠詞為「das」，沒有變形，單純地將所有格＋名詞即可。

陰性名詞定冠詞為「die」，沒有變形，所有格必須先加 e再＋名詞。

複數名詞定冠詞為「die」，沒有變形，所有格必須先加 e再＋名詞。

＊ 請注意：euer＋字尾 e / en時，必須去除字中之 -e。

6-2 Was tragen Sie heute? 您今天穿什麼？ ◀MP3-64

1.

Emma trägt ein Kleid und eine Kette.
艾瑪穿著一件洋裝，帶著項鍊。

Ihr Kleid ist hellblau.
她的洋裝是淺藍色的。

Ihre Schuhe sind flach.
她的鞋子是平底的。

Sie geht heute Abend mit Jonas zur Hochzeit.
她今晚和約拿斯參加婚禮。

2.

Bei der Arbeit trägt Hanna eine Bluse und einen Rock.
工作時漢娜穿襯衫和裙子。

Jonas trägt bei der Arbeit einen Anzug, ein Hemd und eine Krawatte.
約拿斯工作時穿著西裝、襯衫，並且打領帶。

Sein Anzug ist grau, seine Krawatte ist dunkelblau.
他的西裝是灰色的，他的領帶是深藍色的。

Und er trägt eine Brille.
而且他戴著眼鏡。

3.

Zu Hause trägt Lukas gern Pullover und Jeans.
盧卡斯在家喜歡穿套頭上衣和牛仔褲。

4.

Es ist kalt.
天氣冷。

Ich trage eine Hose, einen Mantel, einen Schal und Stiefel.
我穿著一件長褲、一件大衣，圍著圍巾，並且穿著靴子。

5.

Welche Farbe trägst du gern?
你喜歡穿哪個顏色？

Meine Lieblingsfarbe ist Violett.
我最愛的顏色是紫色。

Ich mag auch gern Beige.
我也喜歡米白色。

重點學習

1. 重要單字：服飾名稱 ◀MP3-65

das Kleid, -er 洋裝

die Kette, -n 項鍊

der Pullover, - 套頭衫、套頭毛衣

die Jeans, - 牛仔褲

die Bluse, -n 女用襯衫

der Rock, die Röcke 裙子

der Anzug, die Anzüge 西裝

das Hemd, -en 男用襯衫

die Krawatte, -n 領帶

die Brille, -n 眼鏡

die Lieblingsfarbe, -n 最喜愛的顏色

die Farbe, -n 顏色

2. 重要單字：顏色 ◀MP3-66

hellblau 淺藍色的

dunkelblau 深藍色的

grau 灰色的

violett 紫色的

beige 米白色的

hell（明亮的）：hell＋顏色＝淺……色的，例如：hellgrün（淺綠色的）。

dunkel（陰暗的）：dunkel＋顏色＝深……色的，例如：dunkelgrün（深綠色的）。

3. 現在時態強變化動詞：

tragen (er trägt)（穿著、戴著）

ich 我	trage	wir 我們	tragen
du 你	trägst	ihr 你們	tragt
er 他	trägt	sie (Pl.) 他們	tragen
sie 她	trägt	Sie 您（們）	tragen

「tragen」的用途很廣：穿著什麼樣的衣服、戴著裝飾品、穿著鞋帽、提著袋子、拎著什麼等等都可以使用。

4. welche Farbe?（哪一個顏色？）

「welch-」就是英文「which」。

5. 請注意：所有格＋名詞的規則。請參考6-1。

6-3 Frau Müller shoppt im Kaufhaus.
穆勒太太在百貨公司購物。 ◀MP3-67

Verkäufer 售貨員	Guten Tag! Kann ich Ihnen helfen? 你好！我可以幫忙嗎？
Frau Müller 穆勒太太	Guten Tag. Ja, ich suche eine Jacke. 你好。可以的，我在找件外套。
Verkäufer 售貨員	Kommen Sie mit, bitte! Hier sind Jacken. 請跟我來！外套都在這裡。
Frau Müller 穆勒太太	Die Jacke gefällt mir. Was kostet sie? 我喜歡這件外套。多少錢？
Verkäufer 售貨員	Sie kostet 129.-€. 129歐元。
Frau Müller 穆勒太太	Oh, ganz schön teuer. Und diese Jacke? Was kostet diese hier? 喔，很貴耶。那這件外套呢？這裡這件多少錢？
Verkäufer 售貨員	Das ist ein günstiges Angebot: 49.-€. 這是物超所值的商品，49歐元。
Frau Müller 穆勒太太	Das ist billig. 是便宜。
Verkäufer 售貨員	Ja. Welche Farbe möchten Sie? 是啊。您要哪個顏色？
Frau Müller 穆勒太太	Blau. 藍色。
Verkäufer 售貨員	Tut mir leid, blau haben wir nicht. Wie gefällt Ihnen das Grün hier? 很抱歉，我們沒有藍色的。您喜歡這裡這件綠色的嗎？
Frau Müller 穆勒太太	Ja, das Grün ist auch schön. 喜歡，綠色也很漂亮。

Verkäufer 售貨員	Welche Größe haben Sie? 您穿哪個尺寸？
Frau Müller 穆勒太太	Ich habe Größe 40. 40號。
Verkäufer 售貨員	Hier bitte. 這裡。
Frau Müller 穆勒太太	Kann ich die Jacke anprobieren? 我可以試穿這件外套嗎？
Verkäufer 售貨員	Ja, da ist die Anprobe. 可以，試衣間在那邊。
Verkäufer 售貨員	Passt die Jacke? 外套合身嗎？
Frau Müller 穆勒太太	Ja, sie passt gut. Ich nehme sie. 是的，很合身。我要它了。
Verkäufer 售貨員	Gern. Dort ist die Kasse. 好的。收銀台在那邊。

重點學習

1. 現在時態弱變化動詞：

shoppen（購物）

ich 我	shoppe	wir 我們	shoppen
du 你	shoppst	ihr 你們	shoppt
er 他	shoppt	sie (Pl.) 他們	shoppen
sie 她	shoppt	Sie 您（們）	shoppen

suchen（尋找）

ich 我	suche	wir 我們	suchen
du 你	suchst	ihr 你們	sucht
er 他	sucht	sie (Pl.) 他們	suchen
sie 她	sucht	Sie 您（們）	suchen

passen（合身）

ich 我	passe	wir 我們	passen
du 你	passst	ihr 你們	passt
er 他	passt	sie (Pl.) 他們	passen
sie 她	passt	Sie 您（們）	passen

2. 現在時態強變化動詞：

helfen (er hilft)（幫助）

ich 我	helfe	wir 我們	helfen
du 你	hilfst	ihr 你們	helft
er 他	hilft	sie (Pl.) 他們	helfen
sie 她	hilft	Sie 您（們）	helfen

gefallen (er gefällt)（令人喜歡）

ich 我	gefalle	wir 我們	gefallen
du 你	gefällst	ihr 你們	gefallt
er 他	gefällt	sie (Pl.) 他們	gefallen
sie 她	gefällt	Sie 您（們）	gefallen

3. 受格形式：

德文中，名詞、代名詞的受格形式有兩種：「Akkusativ」和「Dativ」，先有個概念就可以。以人稱為例，變化如下：

Nominativ 主格	Akkusativ 受格	Dativ 受格
ich	mich	mir
du	dich	dir
Sie	Sie	Ihnen

文法規定一些動詞必須連接 Dativ形式的受詞，下列兩個動詞就是如此。

・helfen＋名詞 Dativ形式：

Ich helfe dir.

Du hilfst mir.

Jonas hilft Ihnen.

・gefallen＋名詞 Dativ形式：

Die Jacke gefällt mir. 我喜歡這件外套。

Die Jacke gefällt dir. 你喜歡這件外套。

4. 比較「mögen」（喜歡）和「gefallen」（令人喜歡）：

・mögen（喜歡）：Ich mag das Buch. 我喜歡這書。 → 我是主詞，書是受詞。

・gefallen（令人喜歡）：Das Buch gefällt mir. 我喜歡這書。（這書令我喜歡。）

→ 必須將喜歡的對象當作主詞，這與中文的結構不同，必須多留意。

兩者都是表達「喜歡」的意思，但是使用的動詞不同，句子結構就不一樣。

5. 可分離動詞：

顧名思義就是將一個動詞拆成兩部分 → 前加音節＋動詞部分。

結構句子時，動詞部分隨著主詞做變化，前加音節放置在句子最末位。

mit / kommen（跟著一起來、跟著一起去）

ich 我	komme mit	wir 我們	kommen mit
du 你	kommst mit	ihr 你們	kommt mit
er 他	kommt mit	sie 他們	kommen mit
sie 她	kommt mit	Sie 您（們）	kommen mit

an / probieren（試穿）

ich 我	probiere die Jacke an	wir 我們	probieren die Jacke an
du 你	probierst die Jacke an	ihr 你們	probiert die Jacke an
er 他	probiert die Jacke an	sie 他們	probieren die Jacke an
sie 她	probiert die Jacke an	Sie 您（們）	probieren die Jacke an

6. 助動詞：können（會、可能）

當要表達「有能力」或「有可能」的情況下，會使用「können」。翻譯成：「會」、「可能」。

können（會、可能）

ich 我	kann	wir 我們	können
du 你	kannst	ihr 你們	könnt
er 他	kann	sie (Pl.) 他們	können
sie 她	kann	Sie 您（們）	können

7. 助動詞應該注意的幾個重點：

a. 外形變化：

單數第一、三人稱「ich」、「er」、「sie」助動詞的外形相同，不規則變化，必須強記。而第二人稱「du」的變形，是將「ich」的外形加上「-st」字尾。

複數人稱，助動詞全部按照動詞現在時態弱變化的規則變形。

b. 對句型結構的影響：

- 敘述句：Ich　　schwimme　　gut. 我游得好。 → 動詞在第二單位。

　　　　　Ich　　kann　　　　gut schwimmen. 我很會游泳。

　　　　　　　　II. → 助動詞在第二單位，動詞變成原形，置於句尾。

- 疑問字問句：Wer　　schwimmt　　gern? 誰愛游泳？ → 疑問字在第一單位，

　　　　　　　　　　　　　　　　　　　　　　　　　動詞在第二單位。

　　　　　　　Wer　　kann　　　　gut schwimmen? 誰很會游泳？

　　　　　　　 I.　　　 II. → 助動詞在第二單位，動詞變成原形，置於句尾。

- 是 / 否問句：Probierst　du　　jetzt an? 你現在試穿嗎？ → 動詞在第一單位。

　　　　　　　Kann　　　ich　　die Jacke anprobieren? 我可以試穿外套嗎？

　　　　　　　 I.　　　 II. → 助動詞在第一單位，動詞變成原形，置於句尾。

8. 重要單字： ◀MP3-68

schön teuer 很貴

günstig 價格合宜的、物超所值的

das Angebot 商品

die Größe 尺寸、大小

die Anprobe 試衣間

die Kasse 收銀台、售票處

der Euro = € 歐元

6-4 Warum will Hanna die Hose umtauschen?
為什麼漢娜要換長褲？ 🔊MP3-69

Hanna 漢娜	Entschuldigung, ich möchte etwas umtauschen. 對不起，我想換點東西。
Verkäufer 售貨員	Ja, kein Problem. Was denn? 好的，沒問題。是什麼？
Hanna 漢娜	Die Hose hier. 這件長褲。
Verkäufer 售貨員	Warum? Ist sie kaputt? 為什麼要換？它壞了嗎？
Hanna 漢娜	Nein, die passt leider nicht. Sie ist zu groß. 不是，可惜它不合身。它太大了。
Verkäufer 售貨員	Haben Sie den Kassenbon? 您有發票嗎？
Hanna 漢娜	Ja, hier. 有的，在這裡。

重點學習

1. 可分離動詞：

um / tauschen（換）

ich 我	tausche um	wir 我們	tauschen um
du 你	tauschst um	ihr 你們	tauscht um
er 他	tauscht um	sie 他們	tauschen um
sie 她	tauscht um	Sie 您（們）	tauschen um

2. 重要單字： ◀MP3-70

- das Problem, -e 問題　　ein Problem 一項問題　　kein Problem 沒問題

- der Kassenbon, -s 發票

- zu 太……　　zu klein 太小　　zu teuer 太貴　　zu dunkel 太暗

- leider 可惜（表示惋惜的語氣）

3. 助動詞：wollen（要、願意）

表達「企圖、意願、意志」的情況下使用。翻譯成：「要」、「願意」。

wollen（要、願意）

ich 我	will	wir 我們	wollen
du 你	willst	ihr 你們	wollt
er 他	will	sie (Pl.) 他們	wollen
sie 她	will	Sie 您（們）	wollen

4. 助動詞：möchten（想要）

表達「願望」的情況下使用。翻譯成：「想要」。

möchten（想要）

ich 我	möchte	wir 我們	möchten
du 你	möchtest	ihr 你們	möchtet
er 他	möchtet	sie (Pl.) 他們	möchten
sie 她	möchtet	Sie 您（們）	möchten

當一般動詞：「möchten」在5-5課出現過，當一般動詞使用，連接 Akkusativ受詞。

例如：Ich möchte noch etwas Suppe. 我還想要一些湯。

當助動詞：表達「願望」的情況下使用。例如：

Ich tausche morgen die Hose um. 我明天要換這件長褲。

Ich möchte die Hose umtauschen. 我想要換這件長褲。

Ich möchte gern die Jacke haben. 我好想要這外套。

6-5 Mode? Trend? 時尚？潮流？ 🔊MP3-71

Mode ist ein wichtiges Thema für junge Menschen.
對年輕人而言，時尚是個重要的主題。

Große Modeketten sind bei jungen Menschen sehr beliebt.
大的流行服飾連鎖店很受年輕人喜愛。

Sie bieten trendy Klamotten.
它們提供潮流服飾。

Und die Preise sind günstig.
並且價格也很合宜。

Manche Menschen kaufen auch gern Secondhand-Mode.
而有些人也喜歡買二手服飾。

Jonas und Sabine machen oft zusammen Schaufensterbummel.
約拿斯和莎賓娜時常一起逛街看商店櫥窗。

Heute beginnt der Winterschlussverkauf.
今天開始冬季結束大拍賣。

Die hippige Mode ist im Trend.
嬉皮風服飾正潮。

Aber Jonas ist sportlich.
但是約拿斯好動。

Er mag Funktionskleidung.
他喜歡機能服飾。

Praktische Kleidung ist bequem.
實用的衣服舒適。

重點學習

1. 重要單字： ◀MP3-72

die Mode 時尚

der Trend 潮流（ ... ist im Trend. ⋯⋯正潮。）

die Modekette, -n 流行服飾連鎖店

beliebt 受喜愛的

die Klamotte, -n 衣服

der Preis, -e 價格

der Winter 冬季

der Schlussverkauf 結束拍賣

trendy 合潮流

das Schaufenster 櫥窗

der Bummel 逛街（ Sabine macht gern Bummel. 莎賓娜喜歡逛街。）

sportlich 愛運動的、好動的

die Funktionskleidung 機能服

praktisch 實用的、實穿的

bequem 舒適的

IN! **Wortschatz** 夯字彙 ◀MP3-73

Ein Kinderlied 童謠一首

Grün, grün, grün sind alle meine Kleider. 我所有衣服都是綠的。

Grün, grün, grün ist alles, was ich habe. 我所有的一切都是綠的。

Darum liebe ich alles, was so grün ist, 我之所以會愛一切綠色的東西，

weil mein Schatz ein Jäger ist. 因為我的愛人是獵人。

Rot, rot, rot sind alle meine Kleider. 我所有衣服都是紅的。

Rot, rot, rot ist alles, was ich habe. 我所有的一切都是紅的。

Darum liebe ich alles, was so rot ist, 我之所以會愛一切紅色的東西，

weil mein Schatz ein Reiter ist. 因為我的愛人是騎師。

Blau, blau, blau sind alle meine Kleider. 我所有衣服都是藍的。

Blau, blau, blau ist alles, was ich habe. 我所有的一切都是藍的。

Darum liebe ich alles, was so blau ist, 我之所以會愛一切藍色的東西，

weil mein Schatz ein Matrose ist. 因為我的愛人是水手。

Schwarz, schwarz, schwarz sind alle meine Kleider. 我所有衣服都是黑的。

Schwarz, schwarz, schwarz ist alles, was ich habe. 我所有的一切都是黑的。

Darum liebe ich alles, was so schwarz ist, 我之所以會愛一切黑色的東西，

weil mein Schatz ein Schornsteinfeger ist. 因為我的愛人是清煙囪工人。

Weiß, weiß, weiß sind alle meine Kleider. 我所有衣服都是白的。

Weiß, weiß, weiß ist alles, was ich habe. 我所有的一切都是白的。

Darum liebe ich alles, was so weiß ist, 我之所以會愛一切白色的東西，

weil mein Schatz ein Müller ist. 因為我的愛人是磨坊工人。

Bunt, bunt, bunt sind alle meine Kleider. 我所有衣服都是五彩繽紛的。

Bunt, bunt, bunt ist alles, was ich habe. 我所有的一切都是五彩繽紛的。

Darum liebe ich alles, was so bunt ist, 我之所以會愛一切五彩繽紛的東西，

weil mein Schatz ein Maler ist. 因為我的愛人是油漆匠。

＊建議你上 Youtube網站，鍵入歌名「Grün sind alle meine Kleider」，聽聽看，很有趣！

 **Landeskunde**  常識

德國的傳統服飾

德國從北到南，幾乎每個地區的傳統服飾皆不相同，各有特色、各擅勝場，絕對能抓住人們的目光。

18世紀，工業革命逐漸為市民階級帶來財富，人們開始使用各種顏色的布料來裁製衣服，並且以寶石、珍珠等等加以裝飾，於是傳統服飾變得愈來愈精緻，顯得愈加隆重。

以巴伐利亞地區的女性傳統服裝「Dirndl」為例，其實那原本是操持家務、打掃做飯、照顧孩子和牲畜的農家婦女，或是在城市家庭裡幫傭的女傭，日常穿著的衣服。那是三件式的組合，包含上衣、背心式寬長裙、圍裙。若是圍裙繫帶綁的蝴蝶結，在腰部右側，表示這女子已婚。蝴蝶結繫在腰部左側，是單身。結在中間，是未出嫁的少女。如果蝴蝶結綁在後腰部，就是寡婦了。而男性穿著長度及膝的短皮褲、綠灰色或棕色的外套，頭戴帽子。

巴伐利亞地區的居民，特別喜歡穿傳統服飾參加節慶活動，像是在慕尼黑啤酒節會場，就可以看到許多身穿「Dirndl」或是短皮褲的當地群眾，原因是他們喜愛自己的文化，認同自己的文化。

至於黑森林地區，婦女傳統服裝的焦點在帽飾，白色的寬邊帽，帽頂和帽沿佈滿大如拳頭的紅色毛球，吸睛度超高。

西南部的內卡河區，女性戴著黑色、高聳的、覆著短巾的帽子。

東北部的許普雷森林地區，純白底繡著花的高帽，是女帽的特色。

德國東部，由於和波蘭、捷克為鄰，是帶有斯拉夫風格的區域，女人帶著綴滿碎花的小帽，自有其迷人風情。

（可以在此網頁觀看圖片：www.dw.com/de/zünftiger-hingucker-deutsche-trachten/ g-17625048）

Übungen: Jetzt sind Sie an der Reihe!
練習：換你寫寫看！

I. 請填寫字尾和顏色。

1. Dein _____ Rock ist _____ （白色的）. Ich mag dein _____ Rock.

2. Mein _____ Bluse ist _____ （黃色的）. Magst du mein _____ Bluse?

3. Sein _____ Hemd ist _____ （黑色的）. Wir mögen sein _____ Hemd.

4. Ihr _____ Handschuhe sind _____ （深藍色的）. Wer mag ihr _____ Handschuhe?

II. 助動詞：1 - 3 können，4 - 6 wollen

1. _____ ich Ihnen helfen?

2. _____ du mir helfen?

3. _____ Sie mir helfen?

4. _____ er die Hose anprobieren?

5. _____ ihr den Mantel anprobieren?

6. _____ wir die Hosen anprobieren?

III. 請將中文翻譯成德文，然後配配看。

1. 這件外套多少錢？(   )

   _____

   a. Ich habe Größe 40.

2. 您要哪個顏色？(   )

   _____

   b. Sie passt gut.

3. 您喜歡這裡這件長褲嗎？(   )

   _____

   c. Blau.

4. 您穿哪個尺寸？(   )

   _____

   d. Sie kostet 129.-€.

5. 外套合身嗎？(   )

   _____

   e. Ja, die Hose gefällt mir.

IV. 動詞：tragen

1. Was _____ Peter gern bei der Arbeit?

2. Welche Farbe _____ du gern?

3. Ich _____ heute eine Mütze.

4. Wir _____ am liebsten Sportschuhe.

5. _____ ihr auch gern Sportschuhe?

6. Warum _____ die Kinder eine rote Kappe?

第 **7** 課 **Lektion sieben**

Ein neuer Tag fängt an.
新的一天開始了。

Schwerpunkte der Lektion 學習重點

Inhalt 內容：

1. 起床至出門工作：鬧鐘響、醒、穿衣、早餐、出門、搭公車、到辦公室
2. 與朋友約時間跳舞和運動＋待在家裡可以做什麼？
3. 艾瑪的行事曆
4. **Jetzt sind Sie an der Reihe!** 換你寫寫看！──練習題
5. IN 夯字彙：有顏色的成語
6. IN 夯常識：德國人的日常生活

Satzstrukturen und Regeln 句型與文法規則：

1. 可分離動詞＋可分離動詞在句子中的位置
2. 可分離動詞＋助動詞
3. 時間：秒、分、時、一天之時段、日、週、月、年
4. 鐘面時間的說法
5. 時間意義之疑問字：「wie spät?」（幾點鐘？）、「wann?」（什麼時候？）、「wie lange?」（多久？）

7-1 Ein neuer Tag fängt an. 新的一天開始了。

MP3-74

Es ist sieben Uhr.
7點鐘。

Der Wecker klingelt.
鬧鐘響了。

Sabine wacht auf, aber sie ist müde und schlapp.
莎賓娜醒了，可是她疲憊又沒勁。

Sie schläft weiter.
她繼續睡。

Um fünf nach sieben steht sie endlich auf und macht die Lampe an.
她終於在7點5分起床，開了燈。

Um ein Viertel nach sieben zieht sie einen Hosenanzug an.
7點15分她穿上長褲套裝。

Um fünf vor halb acht macht sie Kaffee und frühstückt.
7點25分她弄咖啡吃早餐。

Um halb acht macht sie zuerst die Fenster zu.
7點半她先關窗。

Dann macht sie die Lampe aus.
然後關燈。

Danach macht sie die Tür auf und macht die Tür wieder zu.
接著開門、關門。

Schließlich schließt sie die Tür zu.
最後鎖上門。

Um fünf nach halb acht wartet sie auf den Bus.
7點35分她等公車。

Sie wartet zehn Minuten. Um ein Viertel vor acht kommt der Bus. Sie steigt schnell ein.
她等了10分鐘。7點45分公車來了。她趕快上車。

Um fünf vor acht steigt sie aus.
7點55分她下車。

Sie ist pünktlich um acht Uhr im Büro.
她準時在8點鐘到辦公室。

重點學習

1. 鐘面時間的說法： MP3-75

	日常口語	精確的報時
7:00	sieben Uhr	sieben Uhr
7:05	fünf nach sieben	sieben Uhr fünf (Minuten)
7:15	ein Viertel nach sieben	sieben Uhr fünfzehn
7:20	zehn vor halb acht	sieben Uhr zwanzig
7:25	fünf vor halb acht	sieben Uhr fünfundzwanzig
7:30	halb acht	sieben Uhr dreißig
7:35	fünf nach halb acht	sieben Uhr fünfunddreißig
7:40	zehn nach halb acht	sieben Uhr vierzig
7:45	ein Viertel vor acht	sieben Uhr fünfundvierzig
7:55	fünf vor acht	sieben Uhr fünfundfünfzig
8:00	acht Uhr	acht Uhr

精確的報時：完全按照字面來說，對學習者而言比較簡單，可是日常口語較少使用。

口語用法，對學習者而言比較複雜，還好有規則可循，以7～8點為例：

a. 先將鐘面分成三等份：整點～20分，20分～40分，40分～整點。

・整點～20分：以「整點」當標準，我們會說「7點過後5、10、19分鐘」。
「nach」的意思是「在……之後」。

・20分～40分：以「7點30分」當標準，我們會說「7點30分之前」或「過後5、10分鐘」。

・40分～整點：以「整點」當標準，我們會說「8點之前5、10、19分鐘」。
「vor」的意思是「在……之前」。

b. 「ein Viertel」的意思是「四分之一」，15分鐘在鐘面上占四分之一，所以：

7:15 說成：(ein) Viertel nach sieben 7點過後四分之一

7:45 說成：(ein) Viertel vor acht 8點之前四分之一

c. 注意「……點半」的說法，必須多說一個小時：

5:30 → halb 6   11:30 → halb 12

6:30 → halb 7   12:30 → halb 1 (eins)

2. 時間的說法： 🔊 MP3-76

Wie spät ist es? 幾點了？ → es是主詞，不可省略。

Es ist 5 nach 7. 7點5分。 → es是主詞，不可省略。

um 12 Uhr（在12點）：介係詞「um」+「... Uhr」（……點鐘）。意思是「在……
點鐘」。

例如：um ein Uhr（在1點鐘）、um zwei Uhr（在2點鐘）、um 7 Uhr（在7點鐘）、
um 10 Uhr（在10點鐘）。

· Wann steht Monika auf? 莫妮卡什麼時候起床？

　-- Um fünf nach sieben steht sie auf. 她在7點5分起床。

· Um wie viel Uhr steht Monika auf? 莫妮卡幾點鐘起床？

　-- Um fünf nach sieben steht sie auf. 她在7點5分起床。

3. 可分離動詞： ◀MP3-77

「可分離動詞」是一種特殊形式的動詞，原形時合體為一，使用時分成兩半。是以「前加音節」＋「動詞單位」組合而成，例如：

前加音節 / 動詞單位

---

auf / wachen 甦醒

auf / stehen 起床

an / machen 開（開動機器、電器，使其運作）

aus / machen 關（關閉機器、電器，使其停止運作）

an / ziehen 穿上

auf / machen 打開（開啟門窗、書本等等）

zu / machen 關上（閉合門窗、書本等等）

zu / schließen 鎖上

ein / steigen 上車

aus / steigen 下車

4. 可分離動詞的使用：

「可分離動詞」在使用時，動詞單位置於動詞位置，前加音節置於句尾。

‧敘述句：

Sie	wacht	um 7 Uhr	auf. 她7點醒來。
Um 5 nach 7	steht	sie	auf. 她7點5分起床。
Sie	zieht	einen Hosenanzug	an. 她穿上一套褲裝。
	II. 動詞單位		句尾，前加音節

- 是 / 否問句：

Macht	sie das Fenster	auf? 她打開窗子嗎？
Macht	sie die Tür	zu? 她關上門嗎？
Schließt	sie die Tür	zu? 她鎖上門嗎？
I. 動詞單位		句尾，前加音節

- 疑問字問句：

Um wie viel Uhr	steigt	sie schnell	ein? 她幾點快快上車？
Wo	steigt	sie	aus? 她在哪裡下車？
Was	macht	sie	aus? 她關什麼？
	II. 動詞單位		句尾，前加音節

5. 可分離動詞＋助動詞：

- 敘述句：

Sie	wacht	um 7 Uhr	auf. 她7點醒來。
Sie	möchte	um 7 Uhr	aufwachen. 她想要7點醒來。
	助動詞		動詞原形

- 是 / 否問句：

Macht	sie das Fenster	auf? 她打開窗子嗎？
Möchte	sie das Fenster	aufmachen? 她想要打開窗子嗎？
助動詞		動詞原形

- 疑問字問句：

Wo	steigt	sie	aus? 她在哪裡下車？
Wo	will	sie	aussteigen? 她要在哪裡下車？
	助動詞		動詞原形

6. 可分離動詞「現在時態弱變化」：

auf / wachen（甦醒）

ich 我	wache	auf	wir 我們		wachen	auf
du 你	wachst	auf	ihr 你們		wacht	auf
er / sie 他 / 她	wacht	auf	sie / Sie 他們 / 您（們）		wachen	auf

an / machen（開；開動機器、電器，使其運作）

ich 我	mache	an	wir 我們		machen	an
du 你	machst	an	ihr 你們		macht	an
er / sie 他 / 她	macht	an	sie / Sie 他們 / 您（們）		machen	an

aus / steigen（下車）

ich 我	steige	aus	wir 我們		steigen	aus
du 你	steigst	aus	ihr 你們		steigt	aus
er / sie 他 / 她	steigt	aus	sie / Sie 他們 / 您（們）		steigen	aus

7-2 Ich gehe tanzen. 我要去跳舞。 ◀MP3-78

Heinz	Emma, hast du heute Abend etwas vor?
亥慈	艾瑪，妳今天晚上有計畫嗎？

Emma	Ja, ich möchte tanzen gehen. Kommst du mit?
艾瑪	有，我想要去跳舞。你一起去嗎？

Heinz	Tut mir leid, aber ich habe keine Lust.
亥慈	很抱歉，可是我沒興趣。

Emma	Schade!
艾瑪	好可惜喔！

Heinz	Vielleicht das nächste Mal.
亥慈	也許下一次吧。

Emma	Na gut, also dann tschüss!
艾瑪	好吧，那就再見了！

Heinz	Tschüss!
亥慈	再見！

重點學習

1. 可分離動詞「現在時態強變化」：

vor / haben（打算、計畫）

ich 我	habe	vor	wir 我們	haben	vor
du 你	hast	vor	ihr 你們	habt	vor
er / sie 他 / 她	hat	vor	sie / Sie 他們 / 您（們）	haben	vor

可分離動詞「現在時態弱變化」：

mit / kommen（一起來、一起去）

ich 我	komme	mit	wir 我們	kommen	mit
du 你	kommst	mit	ihr 你們	kommt	mit
er / sie 他 / 她	kommt	mit	sie / Sie 他們 / 您（們）	kommen	mit

2. 「gehen」當助動詞使用：

Emma und Heinz	gehen	heute Abend	tanzen.
Ich	gehe	allein	schwimmen.
	助動詞		動詞原形

Emma und Heinz	möchten	heute Abend	tanzen	gehen.
	助動詞		動詞原形	動詞原形

「tanzen」受助動詞「gehen」影響，變成原形。「gehen」受助動詞「möchten」影響，變成原形。

3. 一天當中的時段： ◀MP3-79

der Morgen 早晨   der Nachmittag 下午

der Vormittag 上午   der Abend 晚上

der Mittag 中午   die Nacht 深夜

可以和「heute」（今天）、「morgen」（明天）等副詞組合成：「副詞＋名詞＝時間副詞」，寫成兩個字，如：

heute Morgen 今天早晨。也可以說成「heute früh」。

heute Vormittag 今天上午   heute Abend 今天晚上

heute Mittag 今天中午   heute Nacht 今天夜裡

heute Nachmittag 今天下午

morgen ~~Morgen~~ früh 明天早晨。為了避免誤解，而以「früh」取代「Morgen」。

morgen Vormittag 明天上午   morgen Abend 明天晚上

morgen Mittag 明天中午   morgen Nacht 明天夜裡

morgen Nachmittag 明天下午

4. 重要單字： ◀MP3-80

die Lust 興趣（不可數名詞）

Hast du ~~die eine~~ Lust？ -- Ja, ich habe ~~die eine~~ Lust.

　　　　　　　　　　　 -- Nein, ich habe keine Lust.

vielleicht 也許

das nächste Mal 下一次

Schade! 好可惜喔！

7-3 Wir treffen uns morgen. 我們明天碰面。

◀MP3-81

Sabine 莎賓娜	Wollen wir mal wieder zusammen Tennis spielen? Hast du Lust? 我們要不要再次一起打網球？你有興趣嗎？
Michael 米夏耶爾	Ja, gute Idee. Wann hast du Zeit? 好啊，好主意。妳什麼時候有時間？
Sabine 莎賓娜	Morgen kann ich. Geht das? 明天我可以。行嗎？
Michael 米夏耶爾	Morgen kann ich leider nicht. Hast du am Samstag Zeit? 可惜我明天不行。妳星期六有時間嗎？
Sabine 莎賓娜	Ja, da habe ich Zeit. Um wie viel Uhr treffen wir uns? 有，那時我有時間。我們幾點鐘碰面？
Michael 米夏耶爾	Um 9 Uhr? 9點嗎？
Sabine 莎賓娜	Schön, in Ordnung. 很好，沒問題。
Michael 米夏耶爾	Gut, also bis dann. 很好，那麼到時候見。

重點學習

1. der Morgen（早晨）：

「der Morgen」是陽性名詞，所以第一個字母大寫，意思是「早晨」。「morgen」是副詞，只有放在句子第一個字，才需大寫，意思是「明天」。

2. die Idee, -n（主意）：

Ich habe eine Idee. 我有一個主意。

Das ist eine gute Idee. 那是一個好主意。

3. 「星期幾」的說法： MP3-82

der Montag 星期一　　　der Donnerstag 星期四　　　der Samstag 星期六

der Dienstag 星期二　　　der Freitag 星期五　　　der Sonntag 星期日

der Mittwoch 星期三

「介係詞 am＋某一天」的意思是「在某一天」。例如：am Samstag（在星期六）。

4. 「da」有許多意思：

・在那裡：Die Lampe ist nicht hier. Sie ist da. 燈不在這裡。它在那裡。

・在場：Ist Emma da？艾瑪在嗎？

　　　　-- Nein, sie ist nicht da. 不，她不在。

・有：Da ist ein Stuhl. 有一張椅子。

・取代先前剛才提到的時間，避免重複：

Kannst du am Samstag? 星期六你可以嗎？

-- Ja, da kann ich. (Ja, am Samstag kann ich.) 可以，那個時候我可以。

-- Nein, da kann ich nicht. (Nein, am Samstag kann ich nicht.) 不行，那個時候我不行。

5.「gehen」的用法：

Geht das? 可以嗎？行得通嗎？行嗎？ → das 是「主詞」，geht 是「動詞」

（動詞原形是「gehen」）。

-- Ja, das geht. 可以，行。

-- Nein, das geht nicht. 不可以，不行。

6.「können」的用法：

助動詞「können」，在表達「行得通」的情況下使用，翻譯成：「行」、「可以」。

können（行、可以）

ich 我	kann	wir 我們	können
du 你	kannst	ihr 你們	könnt
er / sie 他 / 她	kann	sie / Sie 他們 / 您（們）	können

Morgen kann ich. 我明天可以。（口語講法）

Morgen kann ich nicht. 我明天不行。

7.「schön」的用法：

「schön」有「美麗、漂亮」的意思，可是這裡是一種肯定的意思：「很好」。

8. 現在時態強變化動詞：

treffen（碰面）

ich 我	treffe	wir 我們	treffen
du 你	triffst	ihr 你們	trefft
er / sie 他 / 她	trifft	sie / Sie 他們 / 您（們）	treffen

7-4 Herr Müller will nicht ausgehen.
穆勒先生不願意出門。 ◀MP3-83

Herr Müller geht am Wochenende nicht gern aus.

穆勒先生星期六不愛出門。

Er bleibt lieber zu Haus und sieht lange fern.

他比較喜歡留在家裡，看電視看很久。

Heute will er von 20 bis 21 Uhr einen Fernsehfilm sehen.

今天晚上8點到9點他要看一部電視影片。

Seine Frau schlägt vor: sie gehen mal ins Kino oder ins Theater.

他的太太建議：他們可以去看看電影，或是看看戲劇。

Aber Herr Müller meint: Fernsehen kostet nichts.

但是穆勒先生認為：看電視不用錢。

重點學習

1. 助動詞：wollen（要、願意）

「wollen」在表達「企圖、意願、意志」的情況下使用，翻譯成：「要」、「願意」。

wollen（要、願意）

ich 我	will	wir 我們	wollen
du 你	willst	ihr 你們	wollt
er 他	will	sie (Pl.) 他們	wollen
sie 她	will	Sie 您（們）	wollen

2. 可分離動詞「現在時態強變化」：

fern / sehen（看電視）

ich 我	sehe	fern	wir 我們	sehen	fern
du 你	siehst	fern	ihr 你們	seht	fern
er / sie 他 / 她	sieht	fern	sie / Sie 他們 / 您（們）	sehen	fern

vor / schlagen（建議）

ich 我	schlage	vor	wir 我們	schlagen	vor
du 你	schlägst	vor	ihr 你們	schlagt	vor
er / sie 他 / 她	schlägt	vor	sie / Sie 他們 / 您（們）	schlagen	vor

3. 可分離動詞「現在時態弱變化」：

aus / gehen（出門、外出）

ich 我	gehe	aus	wir 我們	gehen	aus
du 你	gehst	aus	ihr 你們	geht	aus
er / sie 他 / 她	geht	aus	sie / Sie 他們 / 您（們）	gehen	aus

4. 現在時態弱變化動詞：

bleiben（待在、留在）

ich 我	bleibe	wir 我們	bleiben
du 你	bleibst	ihr 你們	bleibt
er / sie 他 / 她	bleibt	sie / Sie 他們 / 您（們）	bleiben

5. 介係詞：**von**、**bis**

介係詞「von」表示起點，「bis」表示終點。例如：von 20 Uhr bis 21 Uhr（從8點到9點）。

6. 週末的說法：

das Wochenende 週末

am Wochenende 在週末：介係詞用「am」。

7. 認識「**gern**」（樂意）的比較級：

「gern」（樂意）、「lieber」（更樂意、更喜歡），都是副詞。

8. 「在家裡」的說法：

zu Haus（在家裡）：Ich bleibe heute zu Haus. 我今天留在家裡。

9. 認識相似的說法：

Wir gehen heute Abend ins Kino / ins Theater / ins Konzert.

我們今天晚上去　　看電影 / 看戲劇 / 音樂會。

10. 「wie lange?」（多久？）的用法：

· Ich sehe von 2 Uhr bis 3 Uhr fern. 我從2點看電視看到3點鐘。

· Wie lange siehst du fern? 你看多久電視？

　-- Von 2 Uhr bis 3 Uhr. 從2點到3點。

　-- Dreißig Minuten. / Eine Stunde. 30分鐘。 / 一個小時。

· Wie Lange wohnt Herr Müller hier? 穆勒先生住在這裡多久？

　-- Drei Tag. / Eine Woche. / Zwei Monate. / Ein Jahr.

　三天。 / 一週。 / 兩個月。 / 一年。

11. 重要單字 ◀MP3-84

die Sekunde, -n 秒

die Minute, -n 分

der Tag, -e 天

die Woche, -n 星期、週

der Monat, -e 月

das Jahr, -e 年

7-5 Der Terminkalender von Emma
艾瑪的行事曆 🔊MP3-85

Emma hat nie Zeit.
艾瑪從來都沒時間。

Montagnachmittag geht sie einkaufen.
星期一下午她去採買。

Montagabend arbeitet sie bis 22 Uhr.
星期一晚上她工作到10點。

Dienstagvormittag macht sie Deutschkurs.
星期二上午她上德文課。

Am Nachmittag möchte sie mit Jonas ins Kino gehen.
下午她想要和約拿斯看電影。

Mittwochabend sieht sie einen Film im Fernsehen.
星期三晚上她看一部電視的影片。

Donnerstagnachmittag lernt sie mit Sara Deutsch.
星期四下午她和莎拉唸德文。

Am Abend besucht sie ein Konzert.
晚上她參加一場音樂會。

Freitagabend lädt sie Sara zum Essen ein.
星期五下午她邀請莎拉吃飯。

Deshalb räumt sie am Nachmittag die Wohnung auf.
所以下午她整理住處。

Am Samstag ist sie in Köln.
星期六她在科隆。

重點學習

1. 時間副詞： MP3-86

immer / oft / manchmal / nie

總是 / 時常 / 有時候 / 從來不

2. 名詞＋名詞＝時間副詞：

Montag	Vormittag	Montagnachmittag	星期一下午
Dienstag	Morgen	Dienstagmorgen	星期二早晨
Mittwoch	Abend	Mittwochabend	星期三晚上

3. 重要單字： MP3-87

der Deutschkurs 德文課程

das Fernsehen 電視

das Konzert 音樂會

die Wohnung, -en 住處、住所

4. 現在時態弱變化動詞：

besuchen（拜訪）

ich 我	besuche	wir 我們	besuchen
du 你	besuchst	ihr 你們	besucht
er / sie 他 / 她	besucht	sie / Sie 他們 / 您（們）	besuchen

5. 可分離動詞「現在時態強變化」：

ein / laden（邀請）

ich 我	lade	ein	wir 我們	laden	ein
du 你	lädst	ein	ihr 你們	ladet	ein
er / sie 他 / 她	lädt	ein	sie / Sie 他們 / 您（們）	laden	ein

6. 可分離動詞「現在時態弱變化」：

auf / räumen（整理）

ich 我	räume	auf	wir 我們	räumen	auf
du 你	räumst	auf	ihr 你們	räumt	auf
er / sie 他 / 她	räumt	auf	sie / Sie 他們 / 您（們）	räumen	auf

IN! Wortschatz 夯字彙 ◀ MP3-88

有顏色的慣用語：藍、綠？黑、白？

1. blau sein（喝醉了）
   Der Seemann ist wieder blau.
   這船員又喝醉了。

2. blau machen（翹班、翹課）
   Die Sekretärin macht nie blau.
   這女祕書從不翹班。

3. grün hinter den Ohren sein
   （字面意思：耳朵後方還是綠色的。引
   申：少不更事。）
   Du bist ja noch grün hinter den Ohren.
   你還年輕，未經世事。

4. das Blaue vom Himmel herunterlügen
   （說謊說得天花亂墜）
   Oft lügt der Mann das Blaue vom Himmel
   herunter.
   那男孩時常扯得天花亂墜。

5. jemanden grün und blau schlagen
   （把人打得鼻青臉腫）
   Meine Nachbarn haben den Dieb grün und
   blau geschlagen.
   我的鄰居把小偷打得鼻青臉腫。

6. jemandem nicht grün sein（無法忍受某人）

Ich bin Frau Müller nicht grün.

我無法忍受穆勒小姐。

7. schwarz arbeiten（打黑工、非法打工）

Herr Weiß arbeitet schwarz.

懷斯（「weiß」的意思：白色的）先生打黑工。

8. schwarz sehen（抱持悲觀的態度）

Für deine Zukunft sehe ich schwarz.

我對你的未來抱持悲觀的態度。

9. eine weiße Weste haben

（字面意思：有一件白色背心。引申：乾淨無瑕的過往經歷。）

Jeder Politiker muss eine weiße Weste haben.

每一個從政者都必須具備無瑕疵的紀錄。

10. schwarz auf weiß（白紙黑字、清楚的、有保證的）

Herr Müller, hier ist die Regel, schwarz auf weiß.

穆勒先生，法規在這裡，白紙黑字很清楚。

 **Landeskunde** 常識

德國人的日常生活

2015年9月，一項針對「德國人如何過日子」的研究結果指出，德國人花最多時間在智慧型手機上，那是德國人最愛的消磨時間方法。「my Marktforschung.de」這個研究機構，對1,024名對象做意見調查，主題是：德國人花費多少時間在各項日常活動上。

德國人平均每天花將近兩個半小時玩手機，年紀愈輕，花的時間愈多。最重度的手機使用者落在18～29歲的年齡層，平均每天使用手機4小時。

女人比男人每天多使用大約30分鐘。女人大多是上網聊天和收發電子郵件，男人除了收發電子郵件之外，最主要是講電話。若以德東和德西做比較，德東人每天平均比德西人多使用手機9分鐘。而只有十分之一的受訪者，在接受訪問時，表示完全不分心於手機。

其他的娛樂途徑，如：電視、電腦、平板電腦、筆記型電腦、音樂等等，平均每天占用人們2小時的時間。十分之九的受訪者，受訪前一天的生活內容就如上列所述，十分之七的人受訪前一天曾做飯，二分之一的人前一天採買了生活用品，三分之一的人前一天曾做運動，只有百分之五的人前一天參加了藝文活動。

週末，德國人大多走向戶外，平均待在戶外的新鮮空氣中2.5小時。而工作日，待在戶外最多只有1.5小時。

工作日，平均每天花1.5小時在家事方面，但是週末卻只用1小時處理家事。而女人在工作日，比男人多花16分鐘做家事，但是男人在週末，比女人多花24分鐘做清掃、吸塵等工作。

意見調查之數據如下：

1. 受訪前一天，花費：
    144分鐘：智慧型手機
    125分鐘：娛樂媒體
    99分鐘：戶外

2. 每天平均使用手機：
    a. 18～29歲：242分鐘
    　　40～49歲：133分鐘
    　　60～69歲：78分鐘

    b. 男人：127分鐘
    　　女人：154分鐘

Übungen: Jetzt sind Sie an der Reihe!
練習：換你寫寫看！

I. 練習：可分離動詞現在時態弱變化變形

	auf / stehen	aus / machen	an / ziehen	ein / steigen	zu / schließen
ich					
du					
er					
wir					
ihr					
Sie					

II. 鐘面時間日常口語的說法：

1. 9:08 _____
2. 6:15 _____
3. 10:25 _____
4. 11:30 _____
5. 12:55 _____

III. 重組造句：

1. auf / wachen, er, 7 Uhr, um . → _____
2. an / machen, du, die Lampe ? → _____
3. auf / räumen, was, ihr ? → _____
4. ein / laden, wollen, wir, Sara . → _____

IV. 配配看：

1. Wann ( ) a. fängt der Film im Fernsehen an? -- Um 9 Uhr.
2. Wie spät ( ) b. geht ihr ins Kino? -- Heute Abend.
3. Um wie viel Uhr ( ) c. bleibst du in Taipei? -- Von Montag bis Freitag.
4. Wie lange ( ) d. ist es? -- Es ist 8:35.

V. 將中文翻譯成德文：

1. 鬧鐘6點半響。

_____

2. 你要一起去嗎？

_____

3. 他沒興趣。

_____

4. 我明天晚上有計畫。

_____

第 8 課

Lektion acht

Die Traumwohnung
夢寐以求的住所

Schwerpunkte der Lektion 學習重點

Inhalt 內容：

1. 認識房屋出租廣告＋住所的位置、大小、租金
2. 「房間名稱」與「傢俱」
3. 「修繕問題」與「鄰居相處」
4. Jetzt sind Sie an der Reihe! 換你寫寫看！──練習題
5. IN 夯字彙：傢俱、用具和電器
6. IN 夯常識：德國的居住法規＋德國杜易斯堡「麥德瑞西綜合中學」的校規

Satzstrukturen und Regeln 句型與文法規則：

1. 助動詞：dürfen（准許）/ müssen（必須）
2. 指定代名詞：der / den / das / die
3. 地點副詞：hier（這裡）/ da（那裡）/ links（在左邊）/ rechts（在右邊）/ vorn（在前面）/ hinten（在後面）/ oben（在上面）/ unten（在下面）
4. 連接詞「denn」（因為）和副詞「deshalb」（所以）

8-1 Jonas braucht eine Wohnung.
約拿斯需要一戶公寓。 ◀MP3-89

1.

Jonas sucht eine Wohnung in Hamburg.
約拿斯在找一戶位於漢堡的公寓。

Im Internet sieht er die Anzeigen.
他在網路上看到這些租屋廣告。

Welche Anzeige passt?
哪一則廣告合適？

2.

3–Zi.–Whg., Küche, Bad, Balk., 110m^2, EG., 680 € + NK

Drei-Zimmer-Wohnung, Küche, Bad, Balkon, 110 Quadratmeter, Erdgeschoss, 680 Euro plus Nebenkosten.
3房公寓，廚房，有浴缸的浴室，陽台，110平方公尺，1樓，680歐元外加額外雜費。

3.

Ein–Zi.–Apart., 36m^2, 2. Stock, möbl., Zentralheizung, 360 € + NK

Ein-Zimmer-Apartment, 36 Quadratmeter, 2. Stock, möbliert, Zentralheizung, 330 Euro plus Nebenkosten.
套房，36平方公尺，3樓，附傢俱，中央暖氣，330歐元外加額外雜費。

4.

Einfamilienhaus mit Garten und Terrasse, 4 Zi., EBK, 2 Bäder, Gäste-WC
1000 € + NK, 3 MM KT

Einfamilienhaus mit Garten und Terrasse, 4 Zimmer, Einbauküche, 2 Bäder,
ein Gäste-WC, 1000 Euro Plus Nebenkosten, 3 Monatsmiete Kaution.
單戶獨棟屋有花園和露台，4房，內建式廚房，2套有浴缸的浴室，客用廁所，1,000歐元
外加額外雜費，3個月租金的押金。

重點學習

1. 住所相關重要單字： ◀MP3-90

die Wohnung, -en 住所、公寓

die Anzeige, -n 廣告

die Küche, -n 廚房

das Bad, "er 有浴缸的浴室

der Stock, -e 樓層（指的是1樓以上。疊一層「1. Stock」，我們說2樓。疊兩層
「2. Stock」，我們說3樓。疊三層「3. Stock」，我們說4樓。以此類
推。）

die Heizung 暖氣

die Zentralheizung 中央暖氣

der Garten 花園、園子

die Terrasse 露台

das Gäste-WC 客用廁所

2. 住所相關單字之縮寫： ◀MP3-91

Zi.＝das Zimmer, - 房間

Balk.＝der Balkon 陽台

Apart.＝das Apartment 套房

EBK＝die Einbauküche 內建式廚房

EG＝das Erdgeschoss 1樓

MM＝die Monatsmiete 月租金

m² ＝Quadratmeter 平方公尺，1坪＝3.24平方公尺

möbl.＝möbliert 有傢俱

＋ ＝plus 加上

NK＝Nebenkosten 額外雜費：暖氣、水、垃圾等費用

KT＝Kaution 押金

8-2 Drei Zimmer, toll! 3個房間，真好！ ◀MP3-92

Sara　　Ich habe eine neue Wohnung. Sie ist toll!
莎拉　　我有一間新公寓。它很棒！

Emma　　Herzlichen Glückwunsch! Wo liegt sie denn?
艾瑪　　恭喜！在哪裡呢？

Sara　　In der Mozartstraße.
莎拉　　在莫扎特街。

Emma　　Oh, das ist sehr zentral. Ist es da laut?
艾瑪　　喔，那很近市中心。那裡吵雜嗎？

Sara　　Nein, die Straße ist ruhig. Das Haus ist alt, aber schön. Und die Wohnung ist groß.
莎拉　　不會，這條街很安靜。房子老了，可是很好看。而且公寓大。

Emma　　Wie groß ist sie?
艾瑪　　它多大？

Sara　　Sie ist 90 Quadratmeter groß.
莎拉　　它90平方公尺大。

　　　　Es gibt das Wohnzimmer, ein Schlafzimmer, ein Kinderzimmer.
　　　　有客廳，1間主臥室，1間小孩房。

　　　　Das Wohnzimmer hat sogar einen Balkon.
　　　　客廳甚至還有陽台呢！

　　　　Das Kinderzimmer ist groß, aber die Küche ist klein.
　　　　小孩房是大，可是廚房小。

Emma　　Drei Zimmer, Wow! Ist die Wohung hell?
艾瑪　　3個房間！公寓明亮嗎？

Sara　　Ja, das Wohnzimmer ist besonders hell.
莎拉　　明亮，客廳特別明亮。

Emma 艾瑪	Ist sie teuer? 它貴嗎？
Sara 莎拉	Na ja, sie ist nicht billig. 嗯……，不便宜。
	Kommst du bald mal? Wir können zusammen Kaffee trinken. 快點來吧？我們可以一起喝個咖啡。
Emma 艾瑪	Ja, gern. 好，我很樂意來。

重點學習

1. 重要單字：◀MP3-93

Herzlichen Glückwunsch! 恭喜！

zentral 中央的

laut 吵雜的、大聲的

sogar 甚至

besonders 尤其、特別

bald 不久之後

na ja 表達「不太好說、不置可否」的語氣詞

die Straße, -n 街道

das Wohnzimmer 客廳

das Kinderzimmer 小孩房

das Schlafzimmer 臥室

2. 現在時態弱變化動詞：

liegen（位於、躺著）

ich 我	liege	wir 我們	liegen
du 你	liegst	ihr 你們	liegt
er / sie 他 / 她	liegt	sie / Sie 他們 / 您（們）	liegen

3. 租屋三個重點：◀MP3-94

· Wo liegt die Wohnung? 公寓位於何處？

-- Sie liegt in der Goethestraße. 它位在歌德街。

· Wie groß ist die Wohnung? 公寓多大？

-- Sie ist 90 Quadratmeter groß. (Sie hat 90 Quadratmeter.) 90平方公尺大。

· Wie hoch ist die Miete? (Wie viel kostet die Wohnung?) 租金多高？

-- 700 Euro. 700歐元。

8-3 Im Möbelgeschäft 在傢俱店 ◀MP3-95

Sara 莎拉	Hier sind Stühle. Wie findest du den Stuhl da? 椅子在這邊。你覺得這張椅子如何？
Jonas 約拿斯	Meinst du den links? 妳指的是左邊那張嗎？
Sara 莎拉	Ja. 對。
Jonas 約拿斯	Den finde ich nicht gut. Der ist unbequem. 我覺得那張不好。
Sara 莎拉	Und das Regal hier? Wie findest du das? 這裡這個置物架呢？
Jonas 約拿斯	Das sieht gut aus. 看起來很好。
Sara 莎拉	Siehst du die Lampe da? 你看見那邊那盞燈嗎？
Jonas 約拿斯	Meinst du die Lampe da hinten? 妳指的是後面那邊那盞燈嗎？
Sara 莎拉	Ja. 是的。
Jonas 約拿斯	Die finde ich altmodisch. Die mag ich nicht. 我覺得那盞很老式。我不喜歡那盞。
Sara 莎拉	Und die Vorhänge oben? Wie findest du die? 上方的窗簾呢？你覺得那些窗簾如何？
Jonas 約拿斯	Die sind schön. 那些很漂亮。

重點學習

1. 現在時態弱變化動詞：

finden（覺得）

ich 我	finde	wir 我們	finden
du 你	findest	ihr 你們	findet
er / sie 他 / 她	findet	sie / Sie 他們 / 您（們）	finden

meinen（認為、意思是、指的是）

ich 我	meine	wir 我們	meinen
du 你	meinst	ihr 你們	meint
er / sie 他 / 她	meint	sie / Sie 他們 / 您（們）	meinen

2. 可分離動詞「現在時態強變化」：

aus / sehen（看起來）

ich 我	sehe	aus	wir 我們	sehen	aus
du 你	siehst	aus	ihr 你們	seht	aus
er / sie 他 / 她	sieht	aus	sie / Sie 他們 / 您（們）	sehen	aus

3. 重要單字：🔊MP3-96

der Vorhang, ¨e 窗簾

unbequem 不舒適的 ⟷ bequem 舒適的

altmodisch 老式的 ⟷ modern 時尚的

4. 地方副詞：🔊MP3-97

hier	da	links	rechts	vorn	hinten	oben	unten
這裡	那裡	在左邊	在右邊	在前面	在後面	在上面	在下面

die Lampe hier / da / links / rechts / vorn / hinten / oben / unten

這裡 / 那裡 / 在左邊 / 在右邊 / 在前面 / 在後面 / 在上面 / 在下面的那盞燈

4. 指定代名詞：

a. 用途：取代再次出現的「定冠詞名詞」，避免重複，與代名詞「er」、「es」、「sie」的功用相同。但是指定代名詞用於「日常口語溝通時」。

b. 外形：借用「定冠詞」來做「指定代名詞」。

例如：

Der Stuhl da.	-- Der ist alt.
Das Regal hier.	-- Das ist praktisch.
Die Lampe rechts.	-- Die ist teuer.
Die Vorhänge oben.	-- Die sind schön.

受格「Akkusativ」：

Wie findest du den Stuhl da?	-- Den finde ich alt.
das Regal hier?	-- Das finde ich praktisch.
die Lampe rechts?	-- Die finde ich teuer.
die Vorhänge oben?	-- Die finde ich schön.

8-4 Probleme, Probleme!! 問題，問題！！ ◀MP3-98

Welche Probleme hat Jonas mit der Wohnung?
約拿斯在公寓有哪些問題？

Die Decke im Bad ist feucht.
浴室的天花板潮濕。

Die Fenster sind nicht dicht.
窗戶不緊密。

Die Wohnungstür klemmt.
公寓大門卡卡的。

Es gibt ein Loch in der Wand.
牆壁裡有個洞。

Die Wände sind sehr dünn. Man kann die Nachbarn hören.
牆壁很薄。可以聽到鄰居。

Die Dusche funktioniert nicht.
淋浴設備不能用。

Drei Steckdosen sind kaputt.
插座壞了。

Die Küche ist zu eng.
廚房太狹窄。

Der Balkon hat keine Sonne.
陽台沒有陽光。

Der Aufzug ist außer Betrieb.
電梯停止使用。

Der Wasserhahn tropft.
水龍頭滴水。

重點學習

1. 重要單字： ◀MP3-99

die Decke, -n 天花板

das Fenster, - 窗子

die Tür, -en 門

die Wohnungstür 公寓的門

die Wand, "e 牆壁

die Dusche 淋浴設備

die Steckdose, -n 插座

der Aufzug 電梯

der Wasserhahn 水龍頭

der Nachbar, -n 鄰居

die Sonne 太陽、陽光

das Loch, "er 洞

dünn 薄的

feucht 潮濕的

dicht 緊密的

eng 狹窄的

außer Betrieb 停止使用

2. 現在時態弱變化動詞：

tropfen（滴水）

er / sie 他 / 她　　tropft　　　　　sie / Sie 他們 / 您（們）　　tropfen

8-5 Die Nachbarn 鄰居 ◀MP3-100

1.

Was darf man nicht? Was muss man?
不准做什麼？必須做什麼？

Im Haus gibt es viele Regeln:
在房子裡有許多規則：

Die Kinder dürfen nicht im Treppenhaus spielen.
孩子們不准在樓梯間玩耍。

Die Kinder müssen leise spielen.
孩子們必須輕聲玩耍。

Von 22:00 bis 6:00 darf man keine Wäsche waschen.
從晚上10點到早晨6點不准洗衣服。

Man muss Treppen und Zugänge freihalten.
必須保持樓梯和出入口淨空。

2.

Wie findet Jonas seine Nachbarn?
約拿斯覺得他的鄰居如何？

Er findet seine Nachbarn unfreundlich, denn sie sagen nie "Hallo".
他覺得他的鄰居不友善，因為他們從不說「哈囉」。

Er findet sie chaotisch, denn ihr Abfall steht im Flur.
他覺得他們雜亂無章，因為他們的垃圾放在走廊。

Er findet sie schrecklich, denn die Eltern streiten oft, und die Kinder machen Krach.
他覺得他們令人難以忍受，因為父母時常吵架，而孩子喧嘩。

Die Nachbarn singen und feiern laut, und ihr Hund bellt immer, deshalb mag Jonas sie gar nicht.

鄰居們大聲唱歌和慶祝，他們的狗總是在吠叫，所以約拿斯一點也不喜歡他們。

Jonas schimpft täglich, deshalb finden die Nachbarn Jonas schwierig.

約拿斯每天斥罵，所以鄰居們覺得約拿斯難相處。

重點學習

1. 重要單字： MP3-101

das Treppenhaus 樓梯間

die Treppe, -n 樓梯

der Zugang, "e 入口

der Flur 走廊、通道

die Regel, -n 規則

die Wäsche 可洗滌的衣物

der Abfall 垃圾

die Eltern 父母親（複數字）

der Krach 吵鬧聲

unfreundlich 不友善的 ⟷ freundlich 友善的

chaotisch 雜亂無章的、亂七八糟的

schrecklich 難以忍受的、可怕的

täglich 每天

schwierig 難對付的、難相處的

2. 可分離動詞「現在時態強變化」：

frei / halten（保持淨空）

ich 我	halte	frei	wir 我們	halten	frei
du 你	hältst	frei	ihr 你們	haltet	frei
er / sie 他 / 她	hält	frei	sie / Sie 他們 / 您（們）	halten	frei

3. 現在時態弱變化動詞：

stehen（站立）/ streiten（吵架）/ singen（唱歌）/ feiern（慶祝）/ bellen（吠叫）/ schimpfen（斥罵）

	stehen	singen	bellen	schimpfen
ich 我	stehe	singe	-	schimpfe
du 你	stehst	singst	-	schimpfst
er / sie 他 / 她	steht	singt	bellt	schimpft
wir 我們	stehen	singen	-	schimpfen
ihr 你們	steht	singt	-	schimpft
sie / Sie 他們 / 您（們）	stehen	singen	bellen	schimpfen

4. 助動詞：dürfen（准許）和 müssen（必須）

「dürfen」在表達「准許」的情況下使用，翻譯成：「准許」。

「müssen」在表達「強迫」的情況下使用，翻譯成：「必須」。

dürfen（准許）

ich 我	darf	wir 我們	dürfen
du 你	darfst	ihr 你們	dürft
er / sie 他 / 她	darf	sie / Sie 他們 / 您（們）	dürfen

müssen（必須）

ich 我	muss	wir 我們	müssen
du 你	musst	ihr 你們	müsst
er / sie 他 / 她	muss	sie / Sie 他們 / 您（們）	müssen

5. 「finden」（覺得）＋Akkusativ：

用來表達「對人、事物的看法」。例如：

・Wie findet Jonas den Stuhl? 約拿斯覺得這椅子如何？

　-- Er findet ihn bequem. 他覺得它很舒適。

・Was findet Jonas bequem? 約拿斯覺得什麼很舒適？

　-- Den Stuhl. 這椅子。

・Wie findet Jonas seine Nachbarn? 約拿斯覺得他的鄰居如何？

　-- Er findet sie unfreundlich. 他覺得他們不友善。

・Wen findet Jonas unfreundlich? 約拿斯覺得誰不友善？

　-- Seine Nachbarn. 他的鄰居。

6. 「denn」（因為）和「deshalb」（所以）的用法：

「denn」是連接詞，用來連接一個句子，意思是「因為」。「deshalb」是副詞，意思是「所以」。例如：

Ich mag meine Nachbarn, <u>denn</u> <u>sie sind freundlich.</u>

<u>　　　　句子1.</u>　　　　連接詞　　句子2.

我喜歡我的鄰居，因為他們很友善。

<u>Meine Nachbarn sind freundlich,</u>〔deshalb mag ich sie〕.

<u>　　　　句子1.</u>　　　　　　副詞　句子2.

我的鄰居很友善，所以我喜歡他們。

 Wortschatz 字彙 🔊 MP3-102

傢俱、用具和電器

das Sofa, -s 長沙發椅

der Sessel, - 單人沙發椅

das Bücherregal, -e 書架

der Teppich, -e 地毯

die Uhr, -en 鐘

die Kuckucksuhr, -en 咕咕鐘

der Esstisch, -e 餐桌

das Bett, -en 床

die Matratze, -n 床墊

die Kommode, -n 五斗櫃

der Kleiderschrank, "e 衣櫥

das Sitzkissen, - 坐墊、靠枕

die Toilette, -n 廁所

die Badewanne, -n 浴缸

der Spiegel, - 鏡子

das Bild, -er 圖畫

die Pflanze, -n 植物

der Mülleimer, - 垃圾桶

der Fernseher, - 電視機

die Fernbedienung, -en 遙控器

der Ventilator, - 電風扇

die Klimaanlage, -n 冷氣機

das Ladegerät, -e 充電器

der Föhn, -e 吹風機

die Waschmashine, -n 洗衣機

die Spülmaschine, -n 洗碗機

die Mikrowelle, -n 微波爐

der Kühlschrank, "e 電冰箱

der Staubsauger, - 吸塵器

der Herd, -e 爐子

der Backofen, " 烤箱

die Garage, -n 車庫

das Haustier 寵物

 Landeskunde 夯 常識

社區管理法規，十則德國法院判例：

1. 准許在窗台上餵鳥，但是不准餵鴿子。鴿子會製造許多排泄物。
2. 不准在房屋外牆或是窗子上張掛政治標語。
3. 13:00～15:00以及22:00～6:00，不准在屋內喧嘩。也不准在戶外院子或花園裡喧嘩。小孩也必須輕聲玩耍。
4. 准許在住所內，每天演奏音樂90分鐘，但是不准太干擾鄰居。
5. 准許朋友住在您承租的住所裡。不必詢問房東，房東不能禁止此事。
6. 未獲許可的情況下，不准於租屋內經營生意，以及生產貨品。
7. 如果租屋契約沒有禁止養寵物，那麼就准許飼養。否則必須先詢問房東。
8. 准許在陽台或露台烤肉，但是不准干擾鄰居。
9. 未獲許可，不准在屋頂或煙囪上架設天線，必須先詢問房東。
10. 在租屋內，在自己的房子裡，或自家的花園裡，准許偶爾大聲地歡慶，但是必須事先告知鄰居。

德國杜易斯堡「麥德瑞西綜合中學」（Gesamtschule Duisburg-Meiderich）的校規：

1. 說「哈囉」或「你好」。
2. 垃圾要分類放在正確的容器裡。
3. 上課時間就是工作時間，所以要準時，要安靜。
4. 謹慎對待學校資產和教學工具。
5. 課堂上不嚼食口香糖，不戴帽子。
6. 顧及他人，展現尊重，不可霸凌。
7. 竊盜以及其他犯規行為，會被公布。
8. 絕對不在校園內使用手機。
9. 我們的課堂語言是德語。
10. 嚴禁菸類、酒精飲料、毒品、武器。
11. 暴力絕對不是解決事情的方法。

Übungen: Jetzt sind Sie an der Reihe!
練習：換你寫寫看！

I. 先閱讀租屋廣告，然後回答問題。

Anzeige:

2-Zi.-Whg. in Frankfurt, 32㎡, 700 €, 0176 / 70021225

1. Wie groß ist die Wohnung?

   _____

2. Was kostet die Wohnung?

   _____

3. Wie viele Zimmer hat die Wohnung?

   _____

4. Wo liegt die Wohnung?

   _____

5. Wie ist die Telefonnummer?

   _____

II. 請將下列德文對話翻譯成中文。

A：Das ist das Wohnzimmer.

_____

B：Schön!

_____

A：Es ist hell.

_____

B：Hört man die Straße?

_____

A：Nein, die Fenster sind neu und dicht.

_____

III. 重組句子：

1. ist – laut – sehr – die Straße ? → _____

2. gibt es – für das Auto – eine Garage ? → _____

3. haben – wir – ein Haustier – dürfen ? → _____

4. die Nachbarn – sind – nett ? → _____

5. frei – wann – ist – die Wohnung ? → _____

IV. 看圖說話：

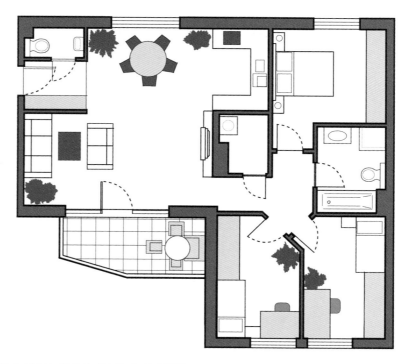

1. 請用德文寫出或說出這公寓的房間。

_____

2. 請用德文寫出或說出公寓裡的傢俱。

_____

第 **9** 課　Lektion neun

Was tun Sie für Ihre Gesundheit?
您為您的健康做什麼？

Schwerpunkte der Lektion　學習重點

Inhalt　內容：

1. 身體部位名稱＋疼痛、不適、過敏、受傷、症狀
2. 尋找正確科別的醫師＋與診所約看病時間＋就診
3. 診療＋藥方＋轉述醫師囑咐
4. Jetzt sind Sie an der Reihe! 換你寫寫看！──練習題
5. IN 夯字彙：有「身體器官名稱」的慣用語
6. IN 夯常識：德國常見的家庭療法

Satzstrukturen und Regeln　句型與文法規則：

1. 名詞：Dativ
2. 代名詞的變化 →（第四格 Akkusativ／第三格 Dativ）
3. 介係詞（zu／bei）＋第三格 Dativ
4. 命令句型：對第二人稱「du」（你）、「ihr」（你們）、「Sie」（您、您們）的命令句
5. 助動詞：「sollen」（應該）

9-1 Was haben die Leute? 這些人怎麼了？ ◀MP3-103

1.

Die Leute sind krank. Was haben sie?
這些人生病了。他們怎麼了？

Jonas ist erkältet. Sein Hals tut weh.
約拿斯感冒了。他的喉嚨痛。

Anna hat auch eine Erkältung. Ihr Kopf tut weh.
安娜也感冒了。她頭痛。

Lukas hat eine Grippe. Er hat Halsschmerzen.
盧卡斯得了流行性感冒。他喉嚨痛。

Emma hat Zahnschmerzen. Ihr Zahn tut weh.
艾瑪牙痛。她的牙痛。

2.

Sara hat Fieber.
莎拉發燒。

Ich habe Durchfall . Er hat Verstopfung.
我腹瀉。他便祕。

Das Kind hustet. Es hat Husten.
這小孩咳嗽。他咳嗽。

Du hast Schnupfen.
你流鼻水。

3.

Mein Knie und mein Daumen sind dick.
我的膝蓋和拇指腫了。

Dein Bein ist gebrochen.
你的腿骨折了。

4.

Ich bin allergisch gegen Milch. (= Ich habe eine Allergie gegen Milch.)
我對牛奶過敏。

Mir ist schlecht.
我不舒服。

Die Frau ist schwanger.
這名女子懷孕了。

重點學習

1. 重要單字：Körperteile (der Körperteil, -e)（身體部位） 🔊 MP3-104

der Kopf 頭

das Gesicht 臉

das Auge, -n 眼睛

die Nase 鼻子

der Mund 嘴

die Lippe, -n 唇

das Ohr, -en 耳朵

der Zahn, ̈e 牙齒

der Hals 脖子

die Schulter, -n 肩膀

der Arm, -e 手臂

die Hand, ̈e 手掌

der Finger, - 手指頭

der Daumen 大拇指

das Bein, -e 腿

das Knie, - 膝蓋

der Fuß, ̈e 腳

der Zeh, -en 腳趾頭

die Brust 胸部

der Bauch 腹部

der Rücken 背部

2. 「感冒」（die Erkältung）和「流行性感冒」（die Grippe）：

・感冒：

　die Erkältung（名詞）：Ich habe eine Erkältung. 我感冒了。

　erkältet（形容詞）：Ich bin erkältet. 我感冒了。

・流行性感冒：

　die Grippe（名詞）：Lukas hat eine Grippe. 盧卡斯得了流行性感冒。

3. 「疼痛」有兩種說法：

a. 疼痛的部位當主詞＋動詞 tun＋weh

　例如：Mein Zahn　　　tut　　weh.　　我牙齒痛。（一顆牙）

　　　　Meine Zähne　　tun　　weh.　　我牙齒痛。（多顆牙）

b. 人是主詞＋動詞 haben＋身體部位＋schmerzen

| Ich | habe | Kopfschmerzen. | 我頭痛。 |
| Er | hat | Zahnschmerzen. | 他牙痛。 |

＊ Halsschmerzen不解釋為「脖子痛」，而是「喉嚨痛」。

4. 各種症狀：

Das Kind	hat	Fieber / Husten / Schnupfen / Durchfall / Verstopfung.
小孩		發燒 / 咳嗽 / 流鼻水 / 腹瀉 / 便祕。
Mein Bein	ist	dick / gebrochen.
我的腿		腫了 / 骨折了。

Allergisch：Ich bin allergisch gegen Milch. 我對牛奶過敏。

die Allergie, -n：Ich habe eine Allergie gegen Milch. 我對牛奶過敏。

（gegen等於英文的「against」，意思是「抵觸」、「反對」。）

5. 問人家的身體狀況：

「Was hast du?」有兩個意思，這裡不是字面上「你有什麼？」的意思，而是「你怎麼了？」。

Mir ist schlecht. 我不舒服。

（如果說成「Ich bin schlecht.」，那就是「我很壞。」的意思。）

6. 現在時態弱變化動詞：

husten（咳嗽）

ich 我	huste	wir 我們	husten
du 你	hustest	ihr 你們	hustet
er / sie 他 / 她	hustet	sie / Sie 他們 / 您（們）	husten

7. 請注意：

die Leute（人們）是「複數名詞」。

9-2 Lukas braucht einen Arzt.
盧卡斯需要一位醫生。 ◀MP3-105

1.

Lukas hustet. Er hat auch Schnupfen.
盧卡斯咳嗽，又流鼻水。

Er muss zum Arzt gehen.
他必須去看醫生。

Aber er braucht keinen Zahnarzt, keinen Augenarzt und auch keinen Kinderarzt.
但是他不需要牙醫，不需要眼科醫生，也不需要小兒科醫生。

Er braucht einen Hals-Nasen-Ohrenarzt.
他需要一位耳鼻喉科醫生。

2.

Jetzt ruft er in einer Arztpraxis an.
他打電話到一家診所。

Er macht einen Termin.
他要約看病時間。

3.

Praxis 診所	Praxis Doktor Schneider. Was kann ich für Sie tun? 徐乃德醫師診所，我能為您做什麼？
Lukas 盧卡斯	Guten Tag. Hier spricht Lukas Meier. Kann ich heute einen Termin haben? 你好，我是盧卡斯邁爾。今天我有可能約到看病時間嗎？

Lukas   Es geht mir nicht gut.
盧卡斯   我不舒服。

Praxis   Können Sie gleich kommen, Herr Meier? Dann müssen Sie nicht
          lange warten.
診所   您有可能立刻來嗎，邁爾先生？那麼您就不必等很久。

Lukas   Ja, gut. Ich bin in dreißig Minuten bei Ihnen.
盧卡斯   可以，好的。我30分鐘以後到。

重點學習

1. 重要單字：各種醫生的說法 🔊MP3-106

der Zahnarzt 男性牙醫　　　　　　die Zahnärztin 女性牙醫

der Augenarzt 男性眼科醫生　　　　die Augenärztin 女性眼科醫生

der Kinderarzt 男性小兒科醫生　　　die Kinderärztin 女性小兒科醫生

der Frauenarzt 男性婦科醫生　　　　die Frauenärztin 女性婦科醫生

der Hals-Nasen-Ohrenarzt　　　　　die Hals-Nasen-Ohrenärztin

男性耳鼻喉科醫生　　　　　　　　　女性耳鼻喉科醫生

die Arztpraxis 診所　　　　　　　　der Termin 見面的時間

2. 名詞 → 第三格（Dativ）

名詞、代名詞受到某些動詞或介係詞影響，會變形為「Dativ」（第三格），所以「Dativ」和先前學過的「Akkusativ」（第四格）都是名詞的變形。

	Akkusativ		Dativ	
der Arzt	den Arzt	einen Arzt	dem Arzt	(k)einem Arzt
das Kind	das Kind	ein Kind	dem Kind	(k)einem Kind
die Frau	die Frau	eine Frau	der Frau	(k)einer Frau
die Leute	die Leute	-- Leute	den Leuten	-- (keinen) Leuten

此外，定冠詞、不定冠詞的「Dativ第三格形式」，變化很大。要特別注意：複數名詞的第三格，除了冠詞變形，名詞本身複數形式最後一個字母如果不是 n，必須添加 n。例如：

die Regale → Dativ: den Regalen 置物架

die Türen → Dativ: den Türen 門

3. 代名詞 → 第四格（**Akkusativ**）/ 第三格（**Dativ**）

	Akkusativ	Dativ
ich 我	mich	mir
du 你	dich	dir
er 他	ihn	ihm
es	es	ihm
sie 她	sie	ihr
Sie 您	Sie	Ihnen

4. 「es geht」＋「受格Dativ」：

「es」是主詞，「geht」是動詞。例如：

Wie geht es　Ihnen / dir / ihm？您 / 你 / 他好嗎？

Es geht　　mir / dir / ihm　nicht gut. 我 / 你 / 他不好（不舒服）。

5. 介係詞「zu」和「bei」＋第三格 Dativ：

有一組介係詞，文法規定必須連結「第三格 Dativ」的名詞或代名詞，「zu」和「bei」就是其中兩個。「zu」表示去向。「bei」表示位置地點，在某人處。例如：

Ich gehe　　zu dem Arzt. (zu＋dem＝zum)　　　　我去看醫生。

　　　　　　zu der Zahnärztin. (zu＋der＝zur)　　　看牙醫。

　　　　　　zu dir.　　　　　　　　　　　　　　你那裡。

　　　　　　zu dem Supermarkt. (zu＋dem＝zum)　超級市場。

Lukas ist　　bei dem Arzt. 盧卡斯在醫生那裡。

　　　　　　bei mir.　　　　　　在我這裡。

6. 介係詞「für」＋第四格 Akkusativ：

有一組介係詞，文法規定必須連結「第四格 Akkusativ形式」的名詞或代名詞，「für」就是其中之一。「für」的意思是「為某人或某物」。例如：

Was tun Sie für Ihre Gesundheit? 您為您的健康做什麼？

Was kann ich für Sie tun? 我能為您做什麼？

7. 可分離動詞「現在時態弱變化」：an / rufen（打電話給某人、某處）

例如：Ich rufe   dich   an. 我打電話給你。

Du rufst mich   an. 你打電話給我。

Er ruft   in der Praxis   an. 他打電話到診所。

9-3 In der Arztpraxis 在診所裡 ◀MP3-107

Praxis　Guten Tag! Haben Sie einen Termin?
診所　　您好！您有約時間嗎？

Lukas　Nein, aber ich habe vor dreißig Minuten angerufen.
盧卡斯　沒有，不過30分鐘以前我打過電話。

Praxis　Ach! Sie sind Herr Meier.
診所　　啊！您是邁爾先生。

Lukas　Ja.
盧卡斯　是的。

Praxis　Haben Sie die Versicherungskarte dabei?
診所　　您帶了健保卡嗎？

Lukas　Ja, hier bitte.
盧卡斯　有，在這裡。

Praxis　Haben Sie eine Überweisung oder zahlen Sie zehn Euro?
診所　　您有轉診單嗎，還是您要付10歐元費用？

Lukas　Nein, ich habe keine Überweisung. Hier sind die zehn Euro.
盧卡斯　我沒有轉診單。這裡是10歐元。

Praxis　Danke, hier ist Ihre Quittung. Sie können im Wartezimmer Platz nehmen. Wir rufen Sie dann auf.
診所　　謝謝，您的收據在這兒。您可以在候診室坐。我們到時會叫您。

Lukas　Muss ich noch lange warten?
盧卡斯　我還需要等很久嗎？

Praxis　Nein, Sie sind bald dran.
診所　　不用，很快就輪到您。

重點學習

1. 重要單字：醫療相關單字 🔊MP3-108

die Versicherungskarte 健保卡

die Überweisung 轉診單

die Quittung, -en 收據

das Wartezimmer 候診室

2. 可分離動詞：

dabei / haben（帶著、帶在身邊）

ich 我	habe	dabei	wir 我們		haben	dabei
du 你	hast	dabei	ihr 你們		habt	dabei
er / sie 他 / 她	hat	dabei	sie / Sie 他們 / 您（們）		haben	dabei

auf / rufen（點名、叫名字）

ich 我	rufe	auf	wir 我們		rufen	auf
du 你	rufst	auf	ihr 你們		ruft	auf
er / sie 他 / 她	ruft	auf	sie / Sie 他們 / 您（們）		rufen	auf

3. 現在時態弱變化動詞：

zahlen（付帳）

ich 我	zahle	wir 我們	zahlen
du 你	zahlst	ihr 你們	zahlt
er / sie 他 / 她	zahlt	sie / Sie 他們 / 您（們）	zahlen

4. 請注意：

Platz nehmen 坐 → Wo nimmst du Platz? 你坐哪裡？

dran sein 輪到→ Wer ist dran? 輪到誰？

9-4 Beim Arzt 在醫生那裡 ◀MP3-109

1.

Der Arzt untersucht Lukas. Er sagt:
醫生為盧卡斯診療。他說：

Machen Sie den Mund auf.
請您張開嘴。

Atmen Sie tief ein.
您深深地吸氣。

2.

Er hört die Lunge ab und misst Fieber im Ohr. Dann sagt er:
他聽診肺部，並且量耳溫。然後他說：

Bleiben Sie ein paar Tage im Bett.
您要待在床上幾天。

Nehmen Sie Medizin gegen die Halsschmerzen.
您要服藥治喉嚨痛。

Schlafen Sie viel.
您要多睡。

Trinken Sie viel Tee.
您要多喝茶。

Essen Sie Vitamine.
您要吃維他命。

3.

Er schreibt Lukas krank, schreibt Lukas ein Rezept und wünscht Lukas gute Besserung.

他開生病證明給盧卡斯，開處方給盧卡斯，還祝盧卡斯早日康復。

Lukas bekommt ein Rezept und die Krankenmeldung.

盧卡斯取得了一張處方和一份生病證明。

Er holt Medizin in der Apotheke ab.

他在藥局取藥。

重點學習

1. 重要單字：醫療相關單字 🔊MP3-110

die Lunge 肺部

die Medizin 醫學、醫藥

das Rezept 處方

die Krankenmeldung 醫生開立的證明（讓病患用以向工作單位請假的證明）

die Apotheke 藥局

ein paar 若干

tief 深的

2. 現在時態弱變化動詞：

untersuchen（診察）

ich 我	untersuche	wir 我們	untersuchen
du 你	untersuchst	ihr 你們	untersucht
er / sie 他 / 她	untersucht	sie / Sie 他們 / 您（們）	untersuchen

wünschen（祝福）

ich 我	wünsche	wir 我們	wünschen
du 你	wünschst	ihr 你們	wünscht
er / sie 他 / 她	wünscht	sie / Sie 他們 / 您（們）	wünschen

3. 現在時態強變化動詞：

messen (er misst / du misst)（測量）

ich 我	messe	wir 我們	messen
du 你	missst	ihr 你們	messt
er / sie 他 / 她	misst	sie / Sie 他們 / 您（們）	messen

schlafen (er schläft)（睡覺）

ich 我	schlafe	wir 我們	schlafen
du 你	schläfst	ihr 你們	schlaft
er / sie 他 / 她	schläft	sie / Sie 他們 / 您（們）	schlafen

4. 可分離動詞「現在時態弱變化」：

ein / atmen（吸氣）

ich 我	atme	ein	wir 我們	atmen	ein
du 你	atmest	ein	ihr 你們	atmet	ein
er / sie 他 / 她	atmet	ein	sie / Sie 他們 / 您（們）	atmen	ein

ab / hören（做聽診）

ich 我	höre	ab	wir 我們	hören	ab
du 你	hörst	ab	ihr 你們	hört	ab
er / sie 他 / 她	hört	ab	sie / Sie 他們 / 您（們）	hören	ab

ab / holen（去取）

ich 我	hole	ab	wir 我們	holen	ab
du 你	holst	ab	ihr 你們	holt	ab
er / sie 他 / 她	holt	ab	sie / Sie 他們 / 您（們）	holen	ab

5. 請注意：

krank schreiben 開生病證明

ein Rezept schreiben 開處方

6. 祝福語：

Gute Besserung! 祝你早日康復！

7. 命令句型：

所謂命令句，就是「對人提出要求」。我們已經學過三種句型：「敘述句」、「是 / 否問句」、「疑問字問句」，現在學最後一種句型，也就是處理針對第二人稱的「命令句」。而德文的第二人稱包括：「du」、「ihr」、「Sie」。

句型結構有三，以課文內容為例句：

a. 對「Sie」的命令句：

原形動詞放置第一位，主詞「Sie」必須出現在第二位，可分離動詞前加音節在句尾。例如：

Machen Sie den Mund auf. 請您張開嘴。

Atmen Sie tief ein. 您深深地吸氣。

Bleiben Sie ein paar Tage im Bett. 您要待在床上幾天。

Nehmen Sie Medizin gegen die Halsschmerzen. 您要服藥治喉嚨痛。

Schlafen Sie viel. 您要多睡。

Trinken Sie viel Tee. 您要多喝茶。

Essen Sie Vitamine. 您要吃維他命。

b. 對「ihr」的命令句：

現在時態「ihr」變化之動詞放置第一位，主詞 ihr 不可出現，可分離動詞前加音節在句尾。例如：

Macht den Mund auf. 請你們張開嘴。

Atmet tief ein. 你們深深地吸氣。

Bleibt ein paar Tage im Bett. 你們要待在床上幾天。

Nehmt Medizin gegen die Halsschmerzen. 你們要服藥治喉嚨痛。

Schlaft viel. 你們要多睡。

Trinkt viel Tee. 你們要多喝茶。

Esst Vitamine. 你們要吃維他命。

c. 對「du」的命令句：

原形動詞去掉字尾 「-en / -n」之後放置第一位，主詞 ~~du~~ 不可出現，可分離動詞前加音節在句尾。例如：

Mach den Mund auf. 請你張開嘴。

Atme tief ein. 你深深地吸氣。

Bleib ein paar Tage im Bett. 你要待在床上幾天。

Schlaf viel. 你要多睡。

Trink viel Tee. 你要多喝茶。

對「du」的命令句中唯一例外的情況：

現在時態強變化動詞之中，有一組動詞，它們的原形動詞重音節母音為「e」，強變化時轉變為「i」或「ie」，如：「essen (er isst)」（吃）、「nehmen (er nimmt)」（服用、拿、取）、「sehen (er sieht)」（看）等，我們是以「er」的變形「isst」、「nimmt」、「sieht」去除「t」之後，作為對「du」的命令句的動詞。

Nimm Medizin gegen die Halsschmerzen. 你要服藥治喉嚨痛。

Iss Vitamine. 你要吃維他命。

9-5 Was soll Lukas tun? 盧卡斯應該做什麼？

In der Praxis sagt der Arzt zu Lukas:
在診所醫生對盧卡斯說：

Zu Haus sagt Lukas zu Sara:
在家裡盧卡斯對莎拉說：

Bleiben Sie ein paar Tage im Bett.
您要待在床上幾天。

Ich soll ein paar Tage im Bett bleiben.
我應該待在床上幾天。

Nehmen Sie Medizin.
您要服藥。

Ich soll Medizin nehmen.
我應該服藥。

Schlafen Sie viel.
您要多睡覺。

Ich soll viel schlafen.
我應該多睡覺。

Trinken Sie viel Tee.
您要多喝茶。

Ich soll viel Tee trinken.
我應該多喝茶。

Essen Sie Vitamine.
您要吃維他命。

Ich soll Vitamine essen.
我應該吃維他命。

重點學習

1. 「命令句」與「對命令句內容的轉述」：

醫生面對盧卡斯交代事情時：使用對「Sie」（您）的命令句型。

盧卡斯回家之後對莎拉轉述：主詞改成「ich」（我），並且藉助助動詞「sollen」（應該），表達「是他人要我這麼做」的意思。

2. 助動詞：sollen（應該）和 wollen（要、願意）

助動詞「sollen」，在表達「義務、他人的交代或願望」的情況下使用，翻譯成「應該」。與助動詞「wollen」表達「自我的企圖、意願、意志」，正好是相對的意義。

sollen（應該）

ich 我	soll	wir 我們	sollen
du 你	sollst	ihr 你們	sollt
er 他	soll	sie (Pl.) 他們	sollen
sie 她	soll	Sie 您（們）	sollen

wollen（要、願意）

ich 我	will	wir 我們	wollen
du 你	willst	ihr 你們	wollt
er 他	will	sie (Pl.) 他們	wollen
sie 她	will	Sie 您（們）	wollen

Wortschatz 字彙 🔊MP3-112

有身體器官名稱的諺語、俚語、慣用語

Lügen haben kurze Beine.（字面：謊言的腿很短。）
表示：謊言無法持久，隨時會被拆穿。

ein Auge zudrücken（字面：閉一隻眼睛）
表示：睜隻眼，閉隻眼。不認真追究。放人一馬。
Können Sie ein Auge zudrücken? 您可以閉隻眼嗎？

zwei linke Hände haben（字面：有兩隻左手）
表示：手笨拙，不靈巧。
Fahrrad reparieren? Nein, ich habe zwei linke Hände.
修腳踏車？我不行，我手很笨拙。

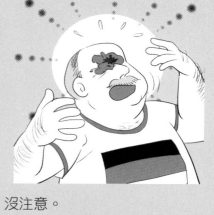

Tomaten auf den Augen haben（字面：番茄糊在眼睛上）
台灣人也說：眼睛被蜆肉糊住了。表示：視而不見、忽視、沒注意。
Haben Sie Tomaten auf den Augen? 你是番茄糊在眼睛上，沒看見嗎？

jemandem die Daumen drücken（字面：向某人伸出大拇指）
表示：為人加油打氣，祝人家成功。
Ich drücke dir die Daumen. 我為你加油。祝你成功。

die Nase voll haben（字面：塞滿鼻子）
表示：受不了。
Ich habe die Nase voll. 我受夠了，我受不了了。

Kopf hoch!（字面：抬起頭來！）

表示：提醒人打起精神，抬頭挺胸。

Liebe geht durch den Magen.（字面：愛情是經過胃而到來。）

表示：要抓住男人的愛情，先抓住他的胃。

das Haar in der Suppe suchen（字面：在湯裡找頭髮）

表示：雞蛋裡挑骨頭，愛挑剔。

Der Chef sucht immer ein Haar in der Suppe. 老闆總是愛挑剔。

Landeskunde  常識

德國常見的家庭療方

・咳嗽家庭療方：

「醫生怕治咳，泥水匠怕抓漏」，感冒已經痊癒，但是惱人的咳嗽一直無法斷根，德國人對咳嗽症狀有一些常用的家庭療方：

1. 蜂蜜：含有天然止咳成分，一天數次，每次吃一茶匙。

2. 洋蔥＋蜂蜜：是古老的療方，對化痰、預防細菌和病毒的感染有效。洋蔥在治咳和順暢呼吸道的效果很好。作法：將一個洋蔥切碎，加水150 cc，煮沸一兩分鐘，冷卻後拌入兩大匙蜂蜜，靜置30分鐘，濾除洋蔥，將湯汁入冰箱冷藏，每天服用多次，每次一茶匙。

3. 洋蔥＋冰糖：一顆洋蔥切碎，加入250公克冰糖，小火煮化、煮沸，待冷卻，濾除洋蔥。每天多次服用湯汁，每次一茶匙。

4. 白蘿蔔＋蜂蜜：白蘿蔔挖成中空，倒入蜂蜜，靜置3小時，收集汁液，飯後服食一小杯，每天2次。

5. 白蘿蔔＋黃砂糖：白蘿蔔挖成中空，倒入黃砂糖，用保潔膜包好整個蘿蔔，靜置3至5小時或甚至一整夜，待其出汁，收集汁液，每天服用3至4次，每次一茶匙。

・小腿冷敷退燒法：

是古老的，流傳已久的退燒方法。

取長毛巾或長布巾，浸入與體溫相當的溫水中，稍微擰乾後，鬆緊適度地纏繞小腿上，以乾毛巾覆蓋，冷敷20分鐘。小朋友最多10分鐘，6個月以下嬰兒不適用。

・胃悶頭昏家庭療方：

試試「可樂＋灑鹽餅乾棒」吧！當飲食過度或天氣變化，讓人胃悶頭昏，別急著吃藥，試試這個德國眾所周知的療方，打個嗝，通通氣，也許就沒事了。

・頭痛家庭療方：

當您頭痛，可試試「咖啡＋檸檬」的功效。咖啡會促進腦部的血流，能減輕頭痛，如果仍然無效，就再加一片檸檬。這個組合，可以緩解緊張引起的頭痛，連偏頭痛也稍可紓解，對平日少喝咖啡的人療效特別明顯。

Übungen: Jetzt sind Sie an der Reihe!
練習：換你寫寫看！

I. 請將兒歌翻譯成德文。

頭兒、肩膀、膝、腳趾，膝、腳趾。

頭兒、肩膀、膝、腳趾，眼、耳、鼻和口。

_____

_____

_____

II. 你感冒了！請用德文寫出五種症狀。

_____

_____

_____

_____

III. 請填寫 Akkusativ＋Dativ字尾變化：

	Akkusativ		Dativ	
der Arzt	d___ Arzt	einen Arzt	d___ Arzt	(k)einem Arzt
das Kind	d___ Kind	ein Kind	d___ Kind	(k)einem Kind
die Frau	die Frau	___ Frau	d___ Frau	(k)einer Frau
die Leute	die Leute	___ Leute	d___ Leute ___	_____ Leute
			(keinen)	

IV. 填寫對「du」和「ihr」的命令句。

	ihr	du
Waschen Sie die Kartoffeln.	_____	_____
Kochen Sie sie.	_____	_____
Schälen Sie die Kartoffeln.	_____	_____
Gießen Sie die Brühe.	_____	_____
Hacken Sie Petersilie klein.	_____	_____
Geben Sie sie zu den Kartoffeln.	_____	_____

第 10 課 Lektion zehn

Stadt und Verkehr
城市與交通

10-1 In der Stadt 在城市裡 ◀MP3-113

1.

Wohin gehst du? 你要去哪裡？

Ich gehe auf die Bank. Ich möchte Geld wechseln.
我去銀行。我想換錢。

Ich gehe auf die Post. Ich möchte ein Paket schicken.
我去郵局。我想寄一個包裹。

Ich gehe in das Kino. Ich möchte einen Film sehen.
我去電影院。我想看一部電影。

Ich gehe in das Cafe. Ich möchte Kaffee trinken.
我到咖啡館。我想喝咖啡。

Ich gehe in den Supermarkt. Ich möchte einkaufen.
我去超級市場。我想採買。

2.

Wo sind die Leute? 人們在哪裡？

Ein paar Schüler warten an der Bushaltestelle.
一些學生在公車站等候。

Auf dem Bahnhof kommen und gehen viele Leute.
在火車站許多人來來去去。

Vor der U-Bahn-Station treffe ich meine Freundin.
我在地鐵站前面和女朋友碰面。

In dem Stadion sehen die Leute ein Fußballspiel.
許多人在體育場看足球賽。

In dem Schwimmbad schwimmen viele Kinder.
許多小孩在游泳池游泳。

重點學習

1. 重要單字：場所相關單字 ◀MP3-114

die Bank, -en 銀行

die Post 郵局

das Kino, -s 電影院

das Cafe, -s 咖啡館

der Supermarkt, "e 超級市場

die Bushaltestelle, -n 公車站

der Bahnhof, "e 火車站

die U-Bahn-Station 地鐵站

das Stadion 體育場

das Schwimmbad 游泳池

der Schüler, - 中小學生

2. 重要單字：城市中重要的設施和商店 ◀MP3-115

der Park, -s 公園

der Platz, "e 廣場

die Bibliothek, -en 圖書館

das Rathaus 市政廳

das Museum, die Museen 博物館

die Apotheke, -n 藥局

die Drogerie, -n 藥妝店

die Schule, -n 中小學校

das Krankenhaus 醫院

die Polizeistation 警察局

der Parkplatz, "e 停車場

3.「auf」的用法：

「auf die Bank gehen（去銀行）/ auf die Post gehen（去郵局）/ auf den Bahnhof gehen（去火車站）」，這裡的「auf」就是英文「in」的意思。

到公家官署、重要的公眾機構，習慣使用「auf」替代「in」。

4. 表達「位置地點、移動方向」的介係詞：

德文總共有四組介係詞，其中一組「in / an / auf / vor / hinter / über / unter / neben / zwischen」，在表達「位置地點、移動方向」的意義時，依照文法規定，必須以介係詞所連接的名詞是「＋Dativ」或「＋Akkusativ」來分辨究竟是「地點」還是「方向」。

	＋Akkusativ 移動 (wohin?)	＋Dativ 位置 (wo?)
auf：	Ich gehe auf die Bank.	Auf dem Bahnhof kommen und gehen viele Leute.
in：	Ich gehe in das Kino.	In dem Stadion sehen die Leute ein Fußballspiel.
vor：	Ich gehe vor die U-Bahn-Station.	Vor der U-Bahn-Station treffe ich meine Freundin.

下一課10-2，我們再完整介紹這組九個介係詞。

4. 現在時態弱變化動詞：

wechseln（換）

ich 我	wechsele	wir 我們	wechseln
du 你	wechselst	ihr 你們	wechselt
er / sie 他 / 她	wechselt	sie / Sie 他們 / 您（們）	wechseln

schicken（寄送）

ich 我	schicke	wir 我們	schicken
du 你	schickst	ihr 你們	schickt
er / sie 他 / 她	schickt	sie / Sie 他們 / 您（們）	schicken

＊ 請注意：ich wechsele。

10-2 Wo liegt der Parkplatz? 停車場在哪裡？

◀MP3-116

Der Parkplatz liegt in der Kantstraße, neben dem Supermarkt Jäger.
停車場位於坎特街，在耶哥超級市場旁邊。

Der Sportplatz liegt zwischen dem Tennisplatz und dem Parkplatz.
運動場在網球場和停車場之間。

Die Schule liegt in der Schlossstraße.
學校在徐洛斯街。

Die Tourist-Information liegt an dem Marktplatz.
旅遊服務中心在市集廣場邊。

Das Parkcafe liegt an dem Parksee.
公園咖啡館位在公園湖畔。

Das Schwimmbad liegt an dem Fluss.
游泳池位在河邊。

An der Ecke ist das Restaurant Adler.
阿德勒餐廳在轉角處。

 重點學習

1. 重要單字：🔊MP3-117

der Sportplatz 運動場

der Tennisplatz 網球場

die Tourist-Information 旅遊服務中心

der Marktplatz 市集廣場

der See 湖

der Fluss, "e 河

die Ecke, -n 角落、轉角

2. 介係詞：

「in」是在裡面，「an」是依傍在旁，「auf」是在水平的平面上，「vor」是在前方，「hinter」是在後方，「über」是在凌空上方，「unter」是在下方，「neben」是並列，「zwischen」是介於兩者之間。

a. 表達「移動方向」：

連接的名詞是「＋Akkusativ」＝表達「移動方向」，用疑問字「wohin?」來疑問。

Wohin springt / läuft die Katze? 貓跳躍 / 跑到哪裡去？

Die Katze springt   über den Computer. 貓跳躍過電腦。

                     in den Karton. 跳進紙箱裡。

                     an das Fenster. 跳到窗邊。

                     auf den Tisch. 跳到桌面上。

                     vor den Karton. 跳到紙箱前。

Die Katze läuft   hinter das Sofa. 貓跑到沙發後面。

                     unter den Tisch. 跑到桌子下面。

                     neben den Hund. 跑到狗旁邊。

                     zwischen die Lampe und die Pflanze. 跑到燈和植物之間。

b. 表達「位置地點」：

連接的名詞是「＋Dativ」＝表達「位置地點」，用疑問字「wo?」來疑問。

Wo ist die Katze? 貓在哪裡？

Die Katze steht	über dem Kind. 貓站在小孩上方。
steht	in dem Karton. 站在紙箱裡。
sitzt	an dem Fenster. 坐在窗邊。
steht	auf dem Tisch. 站在桌上。
ist	vor dem Karton. 在紙箱前方。
liegt	hinter dem Sofa. 躺在沙發後面。
schläft	unter dem Tisch. 睡在桌子下面。
sitzt	neben dem Hund. 坐在狗旁邊。
steht	zwischen der Lampe und der Pflanze. 站在燈和植物之間。

3. 縮減法：

in ＋ dem ＝ im

an ＋ dem ＝ am

in ＋ das ＝ ins

an ＋ das ＝ ans

10-3 Geradeaus? Links? Rechts?
直走？向左？向右？ MP3-118

Ich bin fremd in der Stadt, und ich suche mein Hotel.
我對這個城市陌生，我在找我的旅館。

Zum Glück habe ich einen Stadtplan.
還好我有一張市街圖。

Zuerst gehe ich die Hauptstraße geradeaus bis zu der Buchhandlung.
首先我直走好菩特街，一直走到書店為止。

Dann gehe ich rechts in die Gartenstraße.
然後我右轉進入嘎騰街。

An dem Restaurant Adler gehe ich links in die Parkstraße.
我在阿德勒餐廳那裡左轉進入帕克街。

Aber wo ist mein Hotel?
可是我的旅館在哪裡？

Ich frage einen Mann.
我問一名男子。

Ich 我	Entschuldigen Sie bitte! Wie komme ich zu dem Hotel Linde? 對不起，請問！到林德旅館怎麼走？
Der Mann 男子	Gehen Sie die Parkstraße geradeaus bis zur Kirche. 您直走帕克街，一直走到教堂為止。
	An der Kirche dann links in die Blumenstraße. 然後在教堂那裡左轉進入布魯門街。
	Gehen Sie weiter geradeaus bis zur Rosenstraße. 繼續直走，走到柔森街為止。
	Da sehen Sie das Hotel Linde. 在那裡你就可以看到林德旅館。
Ich 我	Vielen Dank! 非常感謝！

重點學習

1. 重要單字：🔊MP3-119

fremd 陌生的

zum Glück 所幸、還好

der Stadtplan 市街圖

die Buchhandlung, -en 書店

geradeaus 筆直的

die Kirche 教堂

2. 問路的標準句型，必須記住：

Entschuldigen Sie bitte! Wie komme ich zu dem Rathaus?

對不起，請問！怎麼到市政廳？

der U-Bahn-Station? 怎麼到地鐵站？

der Rosenstraße? 怎麼到柔森街？

3. 說明路徑：

說明路徑時，最基本的三個句子：

直走：Ich gehe geradeaus.

向左轉：Dann gehe ich links.

向右轉：Dann gehe ich rechts.

10-4 Verkehrsmittel 交通工具 ◀MP3-120

Sara kommt aus dem Hotel, geht schnell zum Taxi und steigt ein.
莎拉從旅館出來，快速走向計程車，上車。

Sie fährt mit dem Taxi zum Flughafen.
她搭乘計程車去機場。

Sie fliegt mit dem Flugzeug von Hamburg nach München.
她搭乘飛機從漢堡飛往慕尼黑。

Von München fährt sie mit der S-Bahn nach Ismaning.
她從慕尼黑搭乘城市快捷鐵路去伊斯瑪寧。

Es dauert etwa 20 Minuten.
大約要20分鐘。

In Ismaning steigt sie aus, geht zu Fuß nach Haus.
她在伊斯瑪寧下車，步行回家。

Seit 8 Monaten arbeitet sie bei dem Reisebüro "Prima".
她在「普瑞瑪」旅行社工作8個月了。

Zurzeit wohnt sie bei ihren Eltern.
目前她住在父母親那兒。

Die Wohnung liegt in der Nähe von dem Reisebüro.
住所位在旅行社附近。

重點學習

1. 重要單字：交通相關單字 ◀MP3-121

das Verkehrsmittel, - 交通工具

das Taxi, -s 計程車

der Flughafen 機場

das Flugzeug, -e 飛機

die S-Bahn

連接城市中心及近郊地區的「城市快捷鐵路」

das Reisebüro, -s 旅行社

die Eltern 父母親（複數名詞）

schnell 快速的

etwa 大約

zu Fuß gehen 步行

in der Nähe 在附近

2. 現在時態弱變化動詞：

fliegen（飛行）

ich 我	fliege	wir 我們	fliegen
du 你	fliegst	ihr 你們	fliegt
er / sie 他 / 她	fliegt	sie / Sie 他們 / 您（們）	fliegen

dauern（持續）

~~ich 我~~	~~dauere~~	~~wir 我們~~	~~dauern~~
~~du 你~~	~~dauerst~~	~~ihr 你們~~	~~dauert~~
er / sie ~~他 / 她~~ 它	dauert	sie / ~~Sie~~ 它們 / ~~您（們）~~	dauern

＊ 請注意：畫刪除線的表示無此種用法。

3. 可分離動詞「現在時態弱變化」：

ein / steigen（上車）

ich 我	steige	ein	wir 我們	steigen	ein
du 你	steigst	ein	ihr 你們	steigt	ein
er / sie 他 / 她	steigt	ein	sie / Sie 他們 / 您（們）	steigen	ein

aus / steigen（下車）

ich 我	steige	aus	wir 我們		steigen	aus
du 你	steigst	aus	ihr 你們		steigt	aus
er / sie 他 / 她	steigt	aus	sie / Sie 他們 / 您（們）		steigen	aus

4.「連結的名詞或代名詞必須是 Dativ形式」的介係詞：

德文總共有四組介係詞，其中一組，依文法規定，必須連結 Dativ形式的受詞：

· aus：說明「來源、出處、從某處出來」。例如：aus Taiwan（來自台灣）。

· von：說明「起點，來自某人處」。例如：von dem Arzt（從醫生那裡來）。

· nach：說明「來、去某處」。例如：

 nach＋地名、國名 → Er kommt nach Taiwan. 他來台灣。

 Ich fliege nach Berlin. 我去柏林。

 例外：Wir gehen / fahren nach Haus. 我們回家。

· zu：說明「去某處、去某人處」。例如：zu dem Arzt（去醫生處）。

 zu＋一般名詞 → Ich gehe zu der Schule / zu dem Museum. 我去學校 / 去博物館。

 例外：Wir bleiben zu Haus. 我們待在家裡。

· bei：說明「在某機構工作、在某人處」。例如：bei dem Arzt（在醫生處）。

· seit：說明「自某個時候以來」。例如：Ich wohne seit 10 Jahren in Taipei. 我住台北 10年了。

· mit：說明「藉助工具、與某人一起」。例如：mit dem Bus（搭乘公車）。

5. 縮減法：

von＋dem＝vom

zu＋dem＝zum

zu＋der＝zur

bei＋dem＝beim

6. 表達「搭乘交通工具」，有兩種用法：

a. 動詞 fahren＋介係詞 mit＋交通工具

Sara fährt	mit	dem Fahrrad. 莎拉騎腳踏車。
	mit	dem Motorrad. 騎摩托車。
	mit	dem Bus. 搭乘公車。
	mit	dem Zug. 搭乘火車。
	mit	der U-Bahn. 搭乘地鐵。
	mit	dem Auto. 開車。

b. 動詞 nehmen＋Akkusativ（交通工具）

| Sara nimmt das Fahrrad. 莎拉騎腳踏車。 |
| das Motorrad. 騎摩托車。 |
| den Bus. 搭乘公車。 |
| den Zug. 搭乘火車。 |
| die U-Bahn. 搭乘地鐵。 |
| das Auto. 開車。 |

7. 「von」的用法：

Die Wohnung liegt in der Nähe von dem Reisebüro. 住所位在旅行社附近。

這裡的「von」就像英文的「of」，例如：die Jacke von dem Arzt（醫生的外套）、die Adresse von der Frau（這婦人的地址）。

8. 「連結的名詞或代名詞必須是 Akkusativ形式」的介係詞：

德文總共有四組介係詞，其中一組，依文法規定，必須連結 Akkusativ形式的受詞，我們先前見過四個：「für」是「對某人或某事而言」，「gegen」是「牴觸、對抗」，「durch」是「透過、穿過」，「um」是「環繞、圍繞」，不過我們當時學的是時間意義「在……點鐘」。

10-5 Verkehrszeichen 交通號誌 🔊MP3-122

Die Ampel ist rot. Autos und Fußgänger müssen warten.
燈號是紅的。汽車和行人都必須等候。

Bei Rot über die Ampel gehen ist verboten. Das ist nicht erlaubt.
闖紅燈是禁止的。那是不准許的。

Man darf nicht über die rote Ampel gehen oder fahren.
人們不准闖紅燈。

Sonst muss man 100 Euro Strafe zahlen.
否則必須付100歐元罰款。

Aber die Feuerwehr darf fahren.
但是消防隊准許通行。

Jetzt ist die Ampel grün. Wir gehen über die Straße.
現在燈號是綠的。我們過街去。

Da ist ein Stoppschild.
有一個「停止」標誌牌。

Die Radfahrerin und der Motorradfahrer dürfen nicht fahren.
那位女性單車騎士和機車騎士不准通行。

Aber ich darf gehen, denn vor mir steht kein Schild und keine Ampel.
但是我准許通行，因為我前方沒有標誌牌和紅綠燈。

重點學習

1. 重要單字：交通相關單字 ◀MP3-123

das Verkehrszeichen, - 交通標誌

die Ampel, -n 紅綠燈

der Fußgänger, - 行人

die Strafe, -n 罰款

die Feuerwehr 消防隊

das Schild, -er 標誌牌

das Stoppschild, -er 「停止」標誌牌

die Radfahrerin, -nen 女性單車騎士

der Motorradfahrer, - 機車騎士

erlaubt 許可的

verboten 禁止的

sonst 否則

2. 現在時態弱變化動詞：

zahlen（付錢）

ich 我	zahle	wir 我們	zahlen
du 你	zahlst	ihr 你們	zahlt
er / sie 他 / 她	zahlt	sie / Sie 他們 / 您（們）	zahlen

3. 助動詞：dürfen（准許）和 müssen（必須）

助動詞「dürfen」，表達「准許」的情況下使用，翻譯成：「准許」。

助動詞「müssen」，表達「強迫」的情況下使用，翻譯成：「必須」。

 Wortschatz  字彙 ◀MP3-124

有趣的交通工具和交通標誌牌

die Gondel, -n 纜車

der Heißluftballon, -s 熱氣球

der Helikopter, - 直升機

die Kutsche, -n 馬車

die Fähre, -n 渡輪

die Jacht, -en 遊艇

das Boot, -e 船身長度不足10公尺的船隻

das Schiff, -e 船身長度超過10公尺的船隻

das U-Boot, -e 潛水艇

die Straßenbahn 路面輕軌電車

der Lastwagen, - 貨車

der Krankenwagen, - 救護車

der Streifenwagen, - 警車

das Polizeiauto, -s 警車

der Wohnwagen, - 露營車

das Moped, -s 輕型機車

das Mofa, -s
電動腳踏車（在德國最高時速25公里）

下雪結冰路滑

側風

畜牧場

野生動物出沒

 **Landeskunde** 常識

德國人紀念柏林圍牆倒塌25周年

隨著時間的流逝，城市累積了屬於自己的故事，每一段篇章都是人們的悲歡離合、淚水、歡笑、鮮血、省思、感嘆所凝結而成，就這樣，城市有了底蘊，有了厚度。

曾經以西北、東南方向斜貫柏林市的柏林圍牆，至1989年11月9日為止，阻隔東西柏林達28年之久。2014年，在圍牆倒塌25年之際，裝置藝術家Christopher Bauder和Marc Bauder兩兄弟，用7,000個內部安裝著小燈的白色汽球，沿著昔日圍牆留下的痕跡，一路擺置15公里，引導人們循跡緬懷。

在短暫的三天展覽期間，柏林市民和大量遊客看到了氣球靜靜地排列在帝國議會建築前面，蜿蜒走向布蘭登堡門、查理檢查哨。夜晚，白色汽球亮著小燈，燈下，人們閒適地漫步在重要的歷史發生地，那是25年前，東德守牆士兵搶得頭籌，打開圍牆大門，讓東柏林群眾通過邊界進入西柏林的歷史據點。

這道白色的「懸浮邊界」旖旎前行，映襯著今日柏林大都會的夜景，顯得這般虛幻不實，如夢如泡影，如歲月之不居，如人事之不可期。

Christopher Bauder和Marc Bauder兩兄弟設計這個作品，目的是要透過作品的視覺力量，感性地喚起人們對圍牆的記憶。很多人不知道，當年圍牆建造得有多麼貼近布蘭登堡門，這個昔日荒涼的邊界，是今日觀光客必訪的名勝景點。而當年圍牆邊的帝國議會大廈，改建成今日的德國國會。當年被圍牆分割的山丘，現在成了柏林人的休憩公園。

Bauder兄弟使用的氣球，直徑60公分，裝在兩公尺半的碳纖維長桿上。柏林市民受號召，參與這項活動，每一個氣球有一位認養人，所有認養人在2014年11月9日晚上，同時一齊將自己的氣球鬆綁。於是，7,000個亮著燈的氣球冉冉上升，漸飛漸遠，慢慢地消失在浩瀚的夜空。

Übungen: Jetzt sind Sie an der Reihe!
練習：換你寫寫看！

I. 填填看：wo? wohin?＋Akkusativ?＋Dativ?

1. _____ gehst du? 你要去哪裡？

   Ich gehe auf _____ Bahnhof. Ich möchte mit dem Zug fahren.

   Ich gehe vor _____ U-Bahn-Station. Ich treffe meine Freundin.

   Ich gehe in _____ Stadion. Ich möchte ein Fußballspiel sehen.

   Ich gehe an _____ Bushaltestelle. Ich warte auf den Bus.

   Ich gehe in _____ Supermarkt. Ich möchte einkaufen.

2. _____ sind die Leute? 人們在哪裡？

   Auf _____ Bank wechsle ich Geld.

   Auf _____ Post schicke ich ein Paket.

   In _____ Kino sehe ich einen Film.

   In _____ Cafe trinke ich Kaffee.

   In _____ Supermarkt kaufe ich ein.

II. 問路——請將中文翻譯成德文：

對不起，請問！我怎麼到火車站？

_____

III. 說明路徑——請將中文翻譯成德文：

您直走：_____

然後向左轉：_____

然後向右轉：_____

IV. 填填看：aus、von、nach、zu、bei、mit？

1. Sara kommt _____ dem Hotel. 從旅館出來。

2. Sara geht schnell _____ _____ Taxi. 快速走向計程車。

3. Sie fährt _____ dem Taxi. 搭乘計程車。

4. Sie fliegt _____ Hamburg _____ München. 從漢堡飛往慕尼黑。

5. Sie geht _____ Fuß _____ Haus. 步行回家。

6. Sie arbeitet _____ dem Reisebüro „Prima". 在「普瑞瑪」旅行社工作。

7. Zurzeit wohnt sie _____ ihren Eltern. 住在父母親那兒。

第11課 Lektion elf

Freizeitaktivitäten
休閒活動

11-1 Wie ist das Wetter am Wochenende?
週末天氣如何？ ◀MP3-125

1.

Der Wetterbericht sagt:
氣象報告說：

Am Wochenende scheint die Sonne. Es ist warm.
週末太陽露臉。天氣溫暖。

Die Temperatur ist am Tag 22 Grad plus, in der Nacht 16 Grad.
白天氣溫22度，夜裡16度。

2.

Ich will in die Natur gehen.
我要走進大自然。

Man kann am Fluß ein Picknick machen oder campen.
人們可以在河邊野餐或露營。

Man kann auch wandern oder Rad fahren.
人們也可以健行或騎腳踏車。

3.

Meine Schwester möchte lieber zu Haus bleiben.
我姊姊比較喜歡待在家裡。

Sie sagt, zu Haus ist es bequem und gemütlich.
她說：在家裡舒服又悠閒。

Man kann den ganzen Tag faulenzen, fernsehen oder Computerspiele machen.
人們可以整天無所事事，看電視或玩電腦遊戲。

4.

Meine Eltern fahren in die Stadt.
我爸媽要進城去。

In der Stadt treffen sie ihre Freunde.
他們和朋友在城裡碰面。

Sie essen mit Freunden zu Abend, dann gehen sie zusammen ins Theater.
他們和朋友吃晚飯，然後一起去看戲。

5.

Mein Großvater arbeitet gern im Garten.
我祖父喜歡在花園裡工作。

Er gießt am Vormittag Blumen.
他上午澆花。

Am Nachmittag hört er Radio.
他下午聽收音機。

Am Abend geht er früh ins Bett.
他晚上早早就寢。

重點學習

1. 重要單字：天氣相關單字  MP3-126

das Wetter 天氣

der Wetterbericht, -e 氣象報告

die Temperatur, -en 溫度

der Grad 度

die Natur 大自然

das Picknick 野餐

die Blume, -n 花

2. 天氣冷熱： MP3-127

天熱、天暖、天涼、天冷、悶熱，主詞一律用「es」：

Es ist heiß. 天熱。

Es ist warm. 天暖。

Es ist kühl. 天涼。

Es ist kalt. 天冷。

Es ist Schwül. 悶熱。

3. 介係詞「an / in」時間意義上的用法：「an / in」＋Dativ

・「an」＋一天中的時段：

an dem Morgen / am Morgen 在早晨（an dem＝am）

am Abend 在晚上

例外：in der Nacht 在深夜

・「an」＋某一天 / 週末：

an dem Tag / am Tag 在白天（an dem＝am）

am Montag 在週一

am Wochenende 在週末

・「in」＋週 / 月 / 季 / 年：

in der Woche 在這週

in dem Monat / im Monat 在這個月（in dem＝im）

im Sommer 在夏季

in dem Jahr 在這年

4. 重要單字：月份的說法 ◀MP3-128

der Monat, -e 月

der Januar 一月

der Februar 二月

der März 三月

der April 四月

der Mai 五月

der Juni 六月

der Juli 七月

der August 八月

der September 九月

der Oktober 十月

der November 十一月

der Dezember 十二月

5. 重要單字：季節的說法 ◀MP3-129

die Jahreszeit, -en 季節

der Frühling 春季

der Sommer 夏季

der Herbst 秋季

der Winter 冬季

6. 重要句子：

Er fährt mit dem Fahrrad.＝Er fährt Rad. 騎腳踏車。

Ich gehe ins Bett.＝Ich gehe schlafen. 就寢。

7. 現在時態弱變化動詞：

scheinen（照耀）

ich 我	scheine	wir 我們	scheinen
du 你	scheinst	ihr 你們	scheint
er / sie 他 / 她	scheint	sie / Sie 他們 / 您（們）	scheinen

campen（露營）

ich 我	campe	wir 我們	campen
du 你	campst	ihr 你們	campt
er / sie 他 / 她	campt	sie / Sie 他們 / 您（們）	campen

wandern（健行）

ich 我	wandere	wir 我們	wandern
du 你	wanderst	ihr 你們	wandert
er / sie 他 / 她	wandert	sie / Sie 他們 / 您（們）	wandern

faulenzen（偷懶無所事事）

ich 我	faulenze	wir 我們	faulenzen
du 你	faulenzst	ihr 你們	faulenzt
er / sie 他 / 她	faulenzt	sie / Sie 他們 / 您（們）	faulenzen

gießen（澆水）

ich 我	gieße	wir 我們	gießen
du 你	gießst	ihr 你們	gießt
er / sie 他 / 她	gießt	sie / Sie 他們 / 您（們）	gießen

11-2 Hurra! Sommerferien! 好哇！暑假！

◀ MP3-130

1.

Die Schüler in Baden-Württemberg haben 2016 vom achtundzwanzigsten (28sten) Juli bis zum zehnten (10ten) September Sommerferien, zusammen 45 Tage.

巴登符騰堡邦的中小學生，2016年從7月28日至9月10日放暑假，總共45天。

In Nordrhein-Westfalen dauern die Sommerferien in diesem Jahr 44 Tage, vom elften Juli bis zum dreiundzwanzigsten August.

在北萊茵西法倫邦，今年暑假44天，從7月11日至8月23日。

Im Jahr 2016 beginnen in Niedersachsen die Sommerferien am dreiundzwanzigsten Juni, enden am dritten August. Die Schüler haben 43 Tage frei.

在下薩克森邦，2016年暑假開始於6月23日，結束於8月3日。學生放43天假。

2.

Viele Kinder fahren im Sommer mit ihrer Familie in Urlaub.
許多小孩夏天和家人去度假。

Sie fahren ans Meer oder ins Gebirge.
他們到海邊或到山區。

3.

Was können sie am Meer machen?
他們可以在海邊做什麼？

Sie können zum Strand gehen, in der Sonne liegen, Volleyball spielen, Sandburgen bauen oder im Meer schwimmen, baden, tauchen und surfen.
他們可去沙灘、曬太陽日光浴、玩排球、造沙堡，或者在海裡游泳、玩水、潛水和衝浪。

Im Gebirge kann man wandern, am See Camping machen und die Ruhe genießen.
在山區人們可以健行、在湖邊露營，以及享受寧靜。

重點學習

1. 重要單字：◀MP3-131

Hurra 好哇（歡呼詞）

der Schüler, - 中小學生

die Ferien 學生假期（複數字）

die Sommerferien 暑假

die Winterferien 寒假

zusammen 一起

Baden-Württemberg 巴登符騰堡邦（位於德國西南部）

Nordrhein-Westfalen 北萊茵西法倫邦（位於德國西部）

Niedersachsen 下薩克森邦（位於德國北部）

der Urlaub 休假

in Urlaub fahren 去度假

Ich fahre morgen in Urlaub. 我明天去度假。

das Meer, -e 海

das Gebirge, -n 山區

der Strand, ̈e 沙灘

der Vollyball 排球

Ich spiele ein / den Vollyball. 打排球。（不加冠詞，所有球類皆同）

die Sandburg, -en 沙堡

die Ruhe 寧靜

2. 「日期」與「序數」：◀MP3-132

3月3日，表示是3月的第三天，「10日」，表示是第十天。所以德文講到日期時，需要藉助「序數」來表達。說明如下：

序數的結構：

a. 在數字上做變化，將數字分為「1 - 19」、「20 - 無限大」兩組。

b. 1 - 19：「1 - 19」的數字＋「-t」字尾即可。

c. 20 - 無限大：「20 - 無限大」的數字＋「-st」字尾即可。

1日～31日的說法，整理如下：

數字	序數	數字	序數
1 eins	erst	17 siebzehn	siebzehnt
2 zwei	zweit	18 achtzehn	achtzehnt
3 drei	dritt	19 neunzehn	neunzehnt
4 vier	viert	20 zwanzig	zwanzigst
5 fünf	fünft	21 einundzwanzig	einundzwanzigst
6 sechs	sechst	22 zweiundzwanzig	zweiundzwanzigst
7 sieben	sieb~~en~~t	23 dreiundzwanzig	dreiundzwanzigst
8 acht	ach~~t~~t	24 vierundzwanzig	vierundzwanzigst
9 neun	neunt	25 fünfundzwanzig	fünfundzwanzigst
10 zehn	zehnt	26 sechsundzwanzig	sechsundzwanzigst
11 elf	elft	27 siebenundzwanzig	siebenundzwanzigst
12 zwölf	zwölft	28 achtundzwanzig	achtundzwanzigst
13 dreizehn	dreizehnt	29 neunundzwanzig	neunundzwanzigst
14 vierzehn	vierzehnt	30 dreißig	dreißigst
15 fünfzehn	fünfzehnt	31 einunddreißig	einunddreißigst
16 sechzehn	sechzehnt		

課文當中的「achtundzwanzigsten」、「zehnten」等等，都在序數後方加上「-en」字尾，那是形容詞字尾，不影響字義，現在不必理會它。

3. 指示詞「dies-」：

「dies-」指定的意思強烈，字尾依據定冠詞來結構：

定冠詞			指示詞	
Akk. Dat.			Akk.　　Dat.	
der / den / dem	Stuhl	→	dieser / diesen / diesem	Stuhl
das / das / dem	Regal	→	dieses / dieses / diesem	Regal
die / die / der	Lampe	→	diese / diese / dieser	Lampe
die / die / den	Lampen	→	diese / diese / diesen	Lampen

4. 「在西元……年」的說法：

在西元……年，有兩種說法：

Er heiratet 2017. 西元2017年他要結婚。

Er heiratet im Jahr 2017. 西元2017年他要結婚。

5. 「frei haben」（有空、有時間）：

Ich habe heute frei. 我今天空閒著。

6. 副詞的排序：

句子中如果存在一個以上的副詞，而且副詞連結在一起，副詞就必須排序。

排序：時間＋原因＋狀況＋地點

例如：Viele Kinder fahren im Sommer mit Familie in Urlaub.

　　　許多小孩夏季時和家人去度假。

7. 「露營」有多種說法：

「campen」、「zelten」、「Camping machen」都是「露營」的意思。

Ich campe gern. 我喜歡露營。

Ich zelte gern. 我喜歡露營。

Ich mach gern Camping. 我喜歡露營。

8. 現在時態弱變化動詞：

bauen（建造）

ich 我	baue	wir 我們	bauen
du 你	baust	ihr 你們	baut
er / sie 他 / 她	baut	sie / Sie 他們 / 您（們）	bauen

baden（洗澡、玩水）

ich 我	bade	wir 我們	baden
du 你	badest	ihr 你們	badet
er / sie 他 / 她	badet	sie / Sie 他們 / 您（們）	baden

tauchen（潛水）

ich 我	tauche	wir 我們	tauchen
du 你	tauchst	ihr 你們	taucht
er / sie 他 / 她	taucht	sie / Sie 他們 / 您（們）	tauchen

surfen（衝浪）

ich 我	surfe	wir 我們	surfen
du 你	surfst	ihr 你們	surft
er / sie 他 / 她	surft	sie / Sie 他們 / 您（們）	surfen

genießen（享受）

ich 我	genieße	wir 我們	genießen
du 你	genießst	ihr 你們	genießt
er / sie 他 / 她	genießt	sie / Sie 他們 / 您（們）	genießen

11-3 Was haben die Leute am Wochenende gemacht? (I.) 這些人週末做了什麼？（1）MP3-133

Mein Großvater hat im Garten gearbeitet.
我祖父在花園裡工作。

Ich habe für meine Familie gekocht.
我為家人做了飯。

Mein Bruder hat Fußball gespielt.
我哥哥踢了足球。

Meine Schwester hat ihr Zimmer aufgeräumt.
我姊姊整理了她的房間。

Meine Mutter hat im Supermarkt eingekauft.
我母親在超級市場採買。

Hast du studiert oder hast du lange mit deinem Freund telefoniert?
妳唸了書，還是和男朋友講了很久的電話？

Hat Jonas seine Freundin besucht?
約拿斯去看他的女朋友了嗎？

Warum hat das Kind keine Hausaufgaben gehabt?
為什麼這孩子沒有功課？

Warum hatte das Kind keine Hausaufgaben?
為什麼這孩子沒有功課？

Wie lange warst du bei deinen Eltern?
你在你父母親那裡待了多久？

重點學習

1. 動詞的「完成時態」：

a. 用來敘述此刻之前的所有事情，是日常生活口說、筆寫的重要時態，比過去時態重要多了。

b. 只有極少動詞在日常的口說、筆寫上，使用過去時態：「haben」、「sein」、「助動詞」。

c. 完成時態是以兩個單位來結構：用「haben」或「sein」放置在動詞的位置，動詞變化成「過去分詞」放置於句尾，例如：

· 敘述句：Ich habe für meine Familie gekocht. 我為家人做了飯。

· 是／否問句：Hat Jonas seine Freundin besucht? 約拿斯去看他的女朋友了嗎？

· 疑問字問句：Was hast du am Wochenende gemacht? 你週末做了什麼？

d. 現在我們面臨兩個問題：①是用「haben」還是「sein」？②過去分詞怎麼變形？

e. 問題①：使用「haben」結構完成時態的動詞，遠多於使用「sein」結構完成時態的動詞，所以只要先弄清楚哪些動詞使用「sein」，其餘都是「haben」。
使用「sein」的情況：

· 「bleiben」、「sein」兩個動詞，一定用「sein」結構。

· 「不及物動詞＋具有行動移動之意義」，例如：gehen、fahren、kommen等，一定用「sein」結構。

· 「不及物動詞＋具有狀況改變之意義」，例如：aufwachen（甦醒）、einschlafen（入睡）等，一定用「sein」結構。

f. 問題②：過去分詞的變形，分為「強變化」和「弱變化」。大多數動詞屬於「弱變化」，是以「動詞原形」依循規則來變化。「強變化」則必須強記。

弱變化規則：

	動詞原形	過去分詞	
一般動詞	machen	ge mach t	原形去除字尾，前方加「ge」，後方加「t」。
	kaufen	ge kauf t	大部分弱變化屬於這一型。
	arbeiten	ge arbeit et	
可分離動詞	auf / machen	aufgemacht	在動詞前方加上「前加音節」。
	ein / kaufen	eingekauft	
有「-ieren」字串的動詞	studieren	~~ge~~ studie t	前方不加「ge」，只變化字尾。
	telefonieren	~~ge~~ telefonier t	
有八個字頭如：be- / ver- / er-等等	besuchen	~~ge~~ besuch t	前方不加「ge」，只變化字尾。
	versuchen	~~ge~~ versuch t	
	erklären	~~ge~~ erklär t	

2. 較常使用過去時態的動詞：

只有極少動詞，在敘述此刻之前的所有事情時，較常使用過去時態，例如：「haben」、「sein」。

	haben	sein
ich	hatte	war
du	hattest	warst
er	hatte	war
wir	hatten	waren
ihr	hattet	wart
sie	hatten	waren

11-4 Was haben die Leute am Wochenende gemacht? (II.)
這些人週末做了什麼？（2）◀MP3-134

Anna ist lange im Bett geblieben.
安娜在床上待了很久。

Ben hat ausgeschlafen.
班睡飽了。

Claudia ist um zehn Uhr aufgewacht.
克勞迪亞10點鐘醒來了。

Daniel hat viel ferngesehen.
丹尼爾看了好多電視。

Emma ist zu ihrer Tante gefahren.
艾瑪去她的姑姑那裡了。

Franziska hat einen Roman gelesen.
法蘭琪斯卡閱讀了一本長篇小說。

Sind Sie mit der Familie in den Biergarten gegangen?
您和家人去啤酒園了嗎？

Haben Sie viel Bier getrunken?
您喝了很多啤酒嗎？

Wann ist der Unfall passiert?
意外什麼時候發生的？

Wo habt ihr zu Abend gegessen?
你們在哪裡吃了晚餐？

重點學習

1. 過去分詞「強變化」：

動詞原形

bleiben	→	geblieben
fahren	→	gefahren
lesen	→	gelesen
gehen	→	gegangen
trinken	→	getrunken
essen	→	gegessen
aus / schlafen	→	ausgeschlafen
fern / sehen	→	ferngesehen

2. 用「sein」結構完成式：

bleiben	→	Er ist geblieben.（規定用「sein」結構。）
fahren	→	Er ist gefahren.（不及物動詞＋有行動移動之意義。）
gehen	→	Er ist gegangen.（不及物動詞＋有行動移動之意義。）
passieren	→	Er ist passiert.（不及物動詞＋有狀況改變之意義。）
auf / wachen	→	Er ist aufgewacht.（不及物動詞＋有狀況改變之意義。）

11-5 Ein Reisebericht 旅遊報告 ◀MP3-135

Petra und ihr Freund haben eine Reise für zwei Wochen durch Taiwan gemacht.
佩特拉和她的男朋友遍遊台灣兩星期。

Sie sind im April von Taipei losgefahren.
他們在4月從台北出發。

In Taipei hat die Sonne geschienen und es war warm.
在台北太陽照耀，天氣溫暖。

In Tainan hat es aber geregnet.
在台南卻下雨了。

Sie haben dort Freunde besucht und die Stadt besichtigt.
他們在那裡拜訪了朋友，也參觀了城市。

Abends haben sie auf dem Nachtmarkt Imbisse gegessen.
晚上他們在夜市吃小吃。

Von Gaoxiong nach Kending haben sie den Bus genommen.
他們搭乘公車從高雄到墾丁。

Dort haben sie drei Nächte in einem Hotel am Meer übernachtet.
他們在一家海邊的旅館過了三夜。

Sie haben ein Sonnenbad genommen, gebadet und sind geschwommen. Das war super.
他們做日光浴、玩水、游泳。那很棒。

Dann sind sie mit dem Zug nach Taidong gefahren.
然後他們搭乘火車到台東。

Sie sind viel gewandert und haben viele Menschen kennengelernt.
他們健行，並且結識許多人。

Nach zwei Tage waren sie in Hualian.

兩天之後他們到花蓮。

Dort war das Hotel laut und hässlich, und der Fahrstuhl war kaputt. Das war schrecklich.

那裡旅館又吵又醜，而且電梯壞了。實在糟糕。

Trotzdem war die Reise entspannend und interessant.

雖然如此，這趟旅行讓人放鬆又覺得有趣。

重點學習

1. 重要單字：旅行相關單字 ◀MP3-136

die Reise, -n 旅行

der Nachtmarkt, ¨e 夜市

die Nacht, ¨e 夜晚

der Mensch, -en 人

hässlich 醜的

entspannend 讓人放鬆的

trotzdem 雖然如此

2. 動詞原形變化為完成式：

los / fahren 出發	→	Er ist losgefahren.（不及物動詞＋行動移動）
scheinen 照耀	→	Die Sonne hat geschienen.
regnen 下雨	→	Es hat geregnet.
besichtigen 參觀	→	Er hat besichtigt.
nehmen 取	→	Er hat genommen.
baden 玩水、沐浴	→	Er hat gebadet.
schwimmen 游泳	→	Er ist geschwommen.（不及物動詞＋行動移動）
übernachten 過夜	→	Er hat übernachtet.
wandern 健行	→	Er ist gewandert.（不及物動詞＋行動移動）
kennen / lernen 結識	→	Er hat kennengelernt.

3. 句子的發展：

eine Reise machen 旅行

現在時態：Ich mache eine Reise. 我去旅行。

完成時態：Ich habe eine Reise gemacht. 我去旅行了。

Ich habe eine Reise <u>für zwei Wochen</u> gemacht. 我去旅行了兩星期。

Ich habe eine Reise <u>für zwei Wochen</u> <u>durch Taiwan</u> gemacht.

　　　　　　　　　　　時間　　　　　地點

我在台灣旅行了兩星期。

4. 句子結構分析：

a. Sie haben ein Sonnenbad genommen, gebadet und sind geschwommen.

→ 句中「nehmen」和「baden」都是以「haben」結構完成式，因此共用

「haben」。「schwimmen」是以「sein」結構完成式，必須標示清楚。

b. Sie sind viel gewandert und haben viele Menschen kennengelernt.

→ 「wandern」以「sein」結構完成式，「kennenlernen」以「haben」結構完成式，
必須標示清楚。

IN! **Wortschatz** 夯字彙 ◀ MP3-137

這些休閒活動怎麼說？

mit dem Hund Gassi gehen 遛狗

auf einem Barfußpfad gehen 赤足健康步行

Fluchtspiele machen 玩真人脫逃遊戲

einen Spaziergang im Botanischen Garten machen 逛逛植物園

basteln DIY、自己動手做

eine Ausstellung besuchen 參觀展覽

auf dem Flohmarkt stöbern 在跳蚤市場淘寶

bouldern 室內攀岩

in der Bücherei schmökern 在書店瀏覽

Freilichtmuseum besuchen 參觀原址保存的博物館

Dart spielen 射飛鏢

Drachen steigen lassen 放風箏

ehrenamtlich engagieren 從事義工

Achterbahn fahren 搭乘雲霄飛車

玩手機絕對是受歡迎的休閒活動，有些人因為太投入，連走路都捨不得暫停。德國出版社「Langenscheidt」九年來每年都經由票選選出青少年創意用語，在2015年選出怪字：Smombie＝Smartphone（智慧型手機）＋Zombie（殭屍）為第一名，嘲弄那些一邊走一邊低頭滑手機，動作簡單而一致的人，彷彿「手機殭屍」出遊囉！

 **Landeskunde** 夯常識

2016年最受觀光客喜愛的德國景點

德國觀光局在2016年對66個國家的40,000名遊德觀光客做意見調查，針對「哪些德國景點是他們最喜愛的旅遊目的地？」得到以下的排行名單：

出乎意料，第一名居然不是一處歷史建築，而是位於漢堡的「迷你奇幻世界」，這個袖珍景觀世界博物館隱身在漢堡易北河畔的倉庫城，1,300平方公尺大的展場裡，展示花費50萬個工時打造成的世界最大鐵路模型和公路模型，超過13公里的鐵路模型連結9大主題，包括漢堡、瑞士、奧地利、北歐、美國大峽谷等，是愛好精緻細節者的樂園。

「海德堡老城區和王宮」名列第二。19世紀以來，王宮廢墟一直都是歐洲最著名的觀光景點之一，內卡河畔（Neckar）優美如畫的老城區，是攝影愛好者的最愛。

第三名是位在巴登符騰堡邦如斯特小鎮的「歐洲樂園」。2015年，有550萬人造訪，是德語區擁有最多遊客的樂園。90公頃的園區裡，有歐洲第二高的雲霄飛車，以及以歐洲各國為主題的遊樂區。冬季照常營業。

「新天鵝堡」排名第四，是生性浪漫的巴伐利亞國王路德維希二世，為自己打造的豪華夢幻城堡。在國王過世七週之後，這個尚未完成的城堡正式對外開放，從此便成為吸引觀光客的大磁鐵，每年約有1,400萬人來訪。

「羅騰堡」緊追在後，位居第五。很少德國城鎮像羅騰堡一樣，能夠讓遊客一次覽盡中古時期的建築和氛圍。幾十年來，日本觀光客都將此地列為遊歐必訪之地。

「波登湖」排名第六。位於德國西南邊界，是德國第一大湖。湖邊的多處景點為湖光山色增添了人文深度，包含：麥瑙（Mainau）的熱帶植物園、史前樁柱建築博物館、建於8世紀卡洛琳王朝時期的萊欣瑙修道院（Reichenau Kloster）。

「曼海姆宮」名列第七。是位於巴登符騰堡邦的城市曼海姆的一座宮殿，此建築以寬度取勝，正面寬度有440公尺，興建於西元1720-1760年，模仿法國凡爾賽宮，是當時歐洲僅次於凡爾賽宮的第二大巴洛可風格王宮，二次世界大戰時遭重創，2007年重建完成，閃耀著嶄新的輝煌。

「烏姆大教堂」列名第八。位於巴登符騰堡邦的烏姆大教堂，高度161.53公尺，擁有全世界最高的教堂高塔，其上的觀景台具有古老歷史，768個階梯引導人們登高望遠。

「科隆大教堂」位居第九。1248年，這座天主教最重要教堂之一的建築，動工興建，直到1880年才完工，是哥德式建築風格的主教教堂，入選聯合國世界文化遺產。教堂裡有一道533階的樓梯通往塔頂，是對遊客體力的大挑戰。

「德勒斯登老城」是第十名。位於薩克森邦的德勒斯登，是一個充滿巴洛克風格建築物的城市，城內重要景點可以徒步方式於一天遊盡，雖然歷史悠久的古城中心於二次世界大戰時被損毀百分之八十，但聖母教堂、次溫格宮仍深受觀光客喜愛。

Übungen: Jetzt sind Sie an der Reihe!
練習：換你寫寫看！

I. 完成時態的結構：

1. 用 _____ 或 _____ 放置在動詞的位置，動詞變化成 _____ 放置於句尾。

2. _____ 和 _____ 兩個動詞一定要用「sein」結構完成時態。

3. 「不及物動詞＋具有 _____ 之意義」，如：gehen等，要用「sein」結構完成時態。

   「_____ ＋具有狀況改變之意義」，如：aufwachen等，要用「sein」結構完成時態。

4. 過去分詞的變形，分為 _____ 、 _____ 變化。 _____ 變化依循規則變化。 _____ 變化則必須強記。

II. 請將「現在時態」改成「完成時態」：

Petra und ihr Freund machen eine Reise für zwei Wochen durch Taiwan.

1. Sie fahren im April von Taipei los.

   → _____

2. In Taipei scheint die Sonne.

   → _____

3. In Tainan regnet es.

   → _____

4. Sie besuchen dort Freunde und besichtigen die Stadt.

   → _____

5. Abends essen sie auf dem Nachtmarkt Imbisse.

   → _____

6. Von Gaoxiong nach Kending nehmen sie den Bus.

   → _____

7. Dort übernachten sie drei Nächte in einem Hotel am Meer.

　→ _____

8. Sie nehmen ein Sonnenbad, baden und schwimmen.

　→ _____

9. Dann fahren sie mit dem Zug nach Taidong.

　→ _____

10. Sie wandern viel und lernen viele Menschen kennen.

　→ _____

III. 請將「現在時態」改成「過去時態」：

1. Ist es warm?　　　　→ _____

2. Wo bist du?　　　　→ _____

3. Die Leute sind nett.　→ _____

4. Ich habe einen Basketball.　→ _____

5. Haben wir Spaß?　　→ _____

6. Was habt ihr?　　　→ _____

IV. 請將中文翻譯成德文（現在時態）：

1. 人們走進大自然。

_____

2. 我野餐。

_____

3. 你露營。

_____

4. 人們待在家裡。

_____

5. 他玩電腦遊戲。

_____

6. 我們整理房間。

_____

7. 人們進城去。

_____

8. 你們參觀博物館。

_____

9. 他們健行。

_____

附錄

Anhang

Anhang I. 附錄1

Perfekt: haben / sein ＋Partizip II.
本書所有動詞的完成時態（主詞設定為er）

Lektion 3 🔊MP3-138

heißen	Er hat	geheißen.
nennen	Er hat	genannt.
sein	Er ist	gewesen.
kommen	Er ist	gekommen.
wohnen	Er hat	gewohnt.
verstehen	Er hat	verstanden.
sprechen	Er hat	gesprochen.
lächeln	Er hat	gelächelt.

Lektion 4 🔊MP3-139

arbeiten	Er hat	gearbeitet.
haben	Er hat	gehabt.
kosten	Er hat	gekostet.
funktionieren	Er hat	funktioniert.
klemmen	Er hat	geklemmt.
finden	Er hat	gefunden.
brauchen	Er hat	gebraucht.
starten	Er hat	gestartet.
öffnen	Er hat	geöffnet.
beantworten	Er hat	beantwortet.
senden	Er hat	gesendet / gesandt.
löschen	Er hat	gelöscht.
scannen	Er hat	gescannt.

kopieren	Er hat	kopiert.
drucken	Er hat	gedruckt.
speichern	Er hat	gespeichert.
erstellen	Er hat	erstellt.
surfen	Er hat / ist	gesurft.
teilen	er hat	geteilt.
chatten	Er hat	gechattet.
herunter / laden	Er hat	heruntergeladen.
hoch / laden	Er hat	hochgeladen.

Lektion 5 ◀MP3-140

essen	Er hat	gegessen.
nehmen	Er hat	genommen.
trinken	Er hat	getrunken.
frühstücken	Er hat	gefrühstückt.
machen	Er hat	gemacht.
holen	Er hat	geholt.
waschen	Er hat	gewaschen.
geben	Er hat	gegeben.
gießen	Er hat	gegossen.
mischen	Er hat	gemischt.
kochen	Er hat	gekocht.
schälen	Er hat	geschält.
schneiden	Er hat	geschnitten.
backen	Er hat	gebacken.
streuen	Er hat	gestreut.
würzen	Er hat	gewürzt.
schmecken	Er hat	geschmeckt.
mögen	Er hat	gemocht.
tun	Er hat	getan.
probieren	Er hat	probiert.

Lektion 6 ◀MP3-141

tragen	Er hat	getragen.
shoppen	Er hat	geschoppt.
suchen	Er hat	gesucht.
passen	Er hat	gepasst.
mit / kommen	Er ist	mitgekommen.
an / probieren	Er hat	anprobiert
schwimmen	Er ist	geschwommen.
um / tauschen	Er hat	umgetauscht.

Lektion 7 ◀MP3-142

auf / wachen	Er ist	aufgewacht.
auf / stehen	Er ist	aufgestanden.
an / machen	Er hat	angemacht.
aus / machen	Er hat	ausgemacht.
an / ziehen	Er hat	angezogen.
auf / machen	Er hat	aufgemacht.
zu / machen	Er hat	zugemacht.
zu / schließen	Er hat	zugeschlossen.
ein / steigen	Er ist	eingestiegen.
aus / steigen	Er ist	ausgestiegen.
vor / haben	Er hat	vorgehabt.
tanzen	Er hat	getanzt.
treffen	Er hat	getroffen.
aus / gehen	Er iat	ausgegangen.
fern / sehen	Er hat	ferngesehen.
vor / schlagen	Er hat	vorgeschlagen.
bleiben	Er ist	geblieben.
besuchen	Er hat	besucht.
ein / laden	Er hat	eingeladen.
auf / räumen	Er hat	eingeräumt.

Lektion 8 ◀MP3-143

liegen	Er hat	gelegen.
finden	Er hat	gefunden.
meinen	Er hat	gemeint.
aus / sehen	Er hat	ausgesehen.
tropfen	Er hat	getropft.
frei / halten	Er hat	freigehalten.
stehen	Er hat	gestanden.
singen	Er hat	gesungen.
bellen	Er hat	gebellt.
schimpfen	Er hat	geschimpft.

Lektion 9 ◀MP3-144

husten	Er hat	gehustet.
untersuchen	er hat	untersucht.
wünschen	Er hat	gewünscht.
messen	Er hat	gemessen.
schlafen	Er hat	geschlafen.
schreiben	Er hat	geschrieben.
ein / atmen	Er hat	eingeatmet.
ab / hören	Er hat	abgehört.
ab / holen	Er hat	abgeholt.

Lektion 10 ◀MP3-145

fliegen	Er ist	geflogen.
dauern	Er hat	gedauert.
ein / steigen	Er ist	eingestiegen.
aus / steigen	Er ist	ausgestiegen.
zahlen	Er hat	gezahlt.

Lektion 11 🔊 MP3-146

scheinen	Er hat	geschienen.
campen	Er hat	gecampt.
wandern	Er ist	gewandert.
faulenzen	Er hat	gefaulenzt.
gießen	Er hat	gegossen.
surfen	Er hat / ist	gesurft.
zelten	Er hat	gezeltet.
bauen	Er hat	gebaut.
baden	Er hat	gebadet.
tauchen	Er hat / ist	getaucht.
genießen	Er hat	genossen.
aus / schlafen	Er hat	ausgeschlafen.
lesen	Er hat	gelesen.
fahren	Er ist	gefahren.
gehen	Er ist	gegangen.
passieren	Er ist	passiert.
los / fahren	Er ist	losgefahren.
regnen	Er hat	geregnet.
besichtigen	Er hat	besichtigt.
übernachten	Er hat	übernachtet.
kennen / lernen	Er hat	kennengelernt.

Anhang II. 附錄2

Lösungen zu den Übungen
練習題解答

Lektion 3

I. 配配看：

| Ich heiße Paul. | Guten Tag! Mein Name ist Miller. | Nein, ich heiße Beck. |

1. A：Guten Tag, ich heiße Beck. B：Guten Tag! Mein Name ist Miller.

2. A：Sind Sie Frau Miller? B：Nein, ich heiße Beck.

3. A：Wie heißt du? B：Ich heiße Paul.

II. 重組句子：

1. A：ist – wer – Frau Beck ?　　→ Wer ist Frau Beck?

   B：ich – das – bin .　　→ Ich bin das.

2. A：Herr Miller – Sie – sind ?　　→ Sind Sie Herr Miller?

   B：ich – nein – heiße – Weiß .　　→ Nein, ich heiße Weiß.

3. A：geht – wie – dir – es ?　　→ Wie geht es dir?

   B：gut – danke .　　→ Danke, gut.

   dir – und ?　　→ Und dir?

   A：auch – danke – gut.　　→ Danke, auch gut.

III. 練習動詞現在時態弱變化：

	kommen	wohnen	verstehen	lächeln
ich	komm e	wohn e	versteh e	lächel e
du	komm st	wohn st	versteh st	lächel st
er	komm t	wohn t	versteh t	lächel t
wir	komm en	wohn en	versteh en	lächel n
ihr	komm t	wohn t	versteh t	lächel t

sie	komm en	wohn en	versteh en	lächel n
Sie	komm en	wohn en	versteh en	lächel n

IV. 請將中文句子翻譯成德文：

1. 我年輕。　　　→ Ich bin jung.
2. 你高大。　　　→ Du bist groß.
3. 他有趣。　　　→ Er ist lustig.
4. 我們快樂。　　→ Wir sind glücklich.
5. 你們開朗。　　→ Ihr seid heiter.
6. 他們好動。　　→ Sie sind sportlich.
7. 您苗條。　　　→ Sie sind schlank.

Lektion 4

I. 配配看！為問題找答案！

1. Wer bist du? (d)
2. Wie heißen Sie? (a)
3. Guten Morgen, Frau Miller! (b)
4. Wie geht es dir? (c)
5. Woher kommen Sie? (f)
6. Wo wohnst du? (e)
7. Wie ist deine Handynummer? (h)
8. Ich bin 20 Jahre alt. (g)
9. Verstehen Sie jetzt? (j)
10. Sprechen Sie Deutsch? (i)

a. Ich heiße Peter Beier.
b. Guten Morgen, Herr Beck!
c. Nicht so gut.
d. Ich bin Martin Beck.
e. In Frankfurt.
f. Aus Deutschland.
g. Ich bin auch 20 Jahre alt.
h. Wie bitte? Noch einmal bitte!
i. Ja, ich spreche ein bisschen Deutsch.
j. Nein.

II. 填填看：

ein, eine	der, das, die	er, es, sie
Da ist ein UBS-Stick.	der UBS-Stick ist lustig.	er ist nicht teuer.
Da ist ein Mauspad.	das Mauspad ist neu.	es ist schön.
Da ist eine Maus.	die Maus ist teuer.	sie kostet 15 Euro.
Da sind -- UBS-Sticks.	die UBS-Sticks sind alt.	sie sind kaputt.

III. 練習 Akkusativ變化：ein-或 kein-？

Braucht die Studentin <u>ein</u> Lineal, <u>einen</u> Textmarker, <u>eine</u> Schere, <u>einen</u> Notizblock, <u>--</u> Bleistifte?

Nein, sie braucht <u>kein</u> Lineal, <u>keinen</u> Textmarker, <u>keine</u> Schere, <u>keinen</u> Notizblock, <u>keine</u> Bleistifte.

IV. 數字怎麼寫？

1. 201   <u>zweihunderteins</u>
2. 433   <u>vierhundertdreiunddreißig</u>
3. 5678   <u>funftausendsechshundertachtundsiebzig</u>
4. 9012   <u>neuntausendzwölf</u>

V. 請將中文句子翻譯成德文：

1. 您的職業是什麼？   <u>Was sind Sie von Beruf?</u>
2. Peter在哪裡出生的？   <u>Wo ist Peter geboren?</u>
3. Peter需要這台筆記型電腦嗎？   <u>Braucht Peter den Laptop?</u>
4. 我打開電子郵件信箱。   <u>Ich öffne das E-Mail-Postfach.</u>

Lektion 5

I. 德文怎麼寫？

1. 一片乳酪   <u>eine Scheibe Käse</u>
2. 兩碗飯   <u>zwei Schalen Reis</u>
3. 三磅肉   <u>drei Pfund Fleisch</u>
4. 四個蛋   <u>vier Eier</u>
5. 五杯茶   <u>fünf Taasen Tee</u>
6. 一些蜂蜜   <u>etwas Honig</u>
7. 一大匙油   <u>ein Esslöffel Öl</u>
8. 兩包糖   <u>zwei Packungen Zucker</u>
9. 三公升果汁   <u>drei Liter Saft</u>
10. 幾種食材   <u>ein paar Zutaten</u>
11. 很少鹽   <u>wenig Salz</u>
12. 許多馬鈴薯   <u>viele Katoffeln</u>

II. kein, keine, keinen, X?

1. Das ist <u>keine</u> Tasse. Das ist ein Glas.
   那不是瓷杯。那是一個玻璃杯。

2. Das sind Zwiebeln. Das sind <u>keine</u> Kartoffeln.
   那些是洋蔥。那些不是馬鈴薯。

3. Das ist <u>kein</u> Brötchen. Das ist ein Ei.
   那不是小麵包。那是一個蛋。

4. Ich schneide Kartoffeln. Ich schneide <u>keine</u> Zwiebeln.
   我切馬鈴薯。我不是切洋蔥。

5. Mia trinkt leider <u>keinen</u> Kaffee. Sie trinkt nur <u>X</u> Mineralwasser.
   可惜咪亞不喝咖啡。她只喝礦泉水。

6. Du magst <u>X</u> Schinken. Wir mögen leider <u>keinen</u> Schinken.
   你喜歡吃火腿。可惜我們不喜歡吃火腿。

III. 請將下列句子填寫完整。

1. <u>Holen</u> Sie Essig! 請您拿醋來！

2. Ich esse ein Brötchen <u>zum</u> <u>Frühstücken</u>. 我早餐吃一個小麵包。

3. Wir <u>essen</u> um 6 Uhr <u>zu</u> <u>Abend</u>. 我們6點吃晚飯。

4. <u>Schmecken</u> der Fisch? 魚味道好嗎？

5. Das Kotellet ist <u>köstlich</u>. 帶骨肉排很好吃。

6. <u>Schälst</u> du <u>gern</u> Eier? 你喜歡剝蛋嗎？

7. <u>Magst</u> du Gemüse? 你愛吃蔬菜嗎？

8. In Deutschland <u>isst</u> man abends kalt. 在德國晚上吃冷食。

9. Wer <u>kocht</u> Kaffee? 誰煮咖啡？

10. Es <u>gibt</u> abends Kartoffelsalat. 晚上有馬鈴薯沙拉。

11. Mia <u>nimmt</u> etwas Salat. 咪亞拿一些沙拉。

12. Wann <u>frühstückt</u> Lukas? 盧卡斯什麼時候吃早飯？

13. <u>Möchtest</u> du noch etwas Salat? 你還想要一些沙拉嗎？

14. Hanna <u>wäscht</u> eine Tasse. 漢娜洗一個杯子。

15. Der Koch <u>hackt</u> Fleisch klein. 廚師把肉剁碎。

IV. 請將下列句子翻譯成德文。

1. 他不喝水，因為他不渴。

   Er trinkt kein Wasser, denn er hat keinen Durst.

2. 湯太辣了，可是她喜歡喝這湯。

   Die Suppe ist zu scharf, aber sie mag die Suppe. (aber sie isst die Suppe gern.)

Lektion 6

I. 請填寫字尾和顏色。

1. Dein Rock ist weiß . Ich mag deinen Rock.
   你的裙子是白色的。我喜歡你的裙子。

2. Meine Bluse ist gelb . Magst du meine Bluse?
   我的襯衫是黃色的。你喜歡我的襯衫嗎？

3. Sein Hemd ist schwarz . Wir mögen sein Hemd.
   他的襯衫是黑色的。我們喜歡他的襯衫。

4. Ihre Handschuhe sind dunkel blau . Wer mag ihre Handschuhe?
   她的手套是深藍色的。誰喜歡她的手套？

II. 助動詞：1 - 3 können，4 - 6 wollen

1. Kann ich Ihnen helfen? 我可以幫您嗎？
2. Kannst du mir helfen? 你可以幫我嗎？
3. Können Sie mir helfen? 您可以幫我嗎？
4. Will er die Hose anprobieren? 他要穿這件長褲嗎？
5. Wollt ihr den Mantel anprobieren? 你們要穿這件大衣嗎？
6. Wollen wir die Hosen anprobieren? 我們要穿長褲？

III. 請將中文翻譯成德文，然後配配看。

1. 這件外套多少錢？(d)

   Was kostet die Jacke?   a. Ich habe Größe 40. 我的尺碼是40號。

2. 您要哪個顏色？(c)

   Welche Farbe möchten Sie?   b. Sie passt gut. 它很合身。

3. 您喜歡這裡這件長褲嗎？(e)

   Wie gefällt Ihnen die Hose hier?　　c. Blau. 藍色的。

4. 您穿哪個尺寸？(a)

   Welche Größe haben Sie?　　d. Sie kostet 129.-€. 它要129歐元。

5. 外套合身嗎？(b)

   Passt die Jacke?　　e. Ja, die Hose gefällt mir. 我喜歡這件長褲。

IV. 動詞：tragen

1. Was __trägt__ Peter gern bei der Arbeit? 彼得工作時穿什麼？

2. Welche Farbe __trägst__ du gern? 你喜歡穿哪一個顏色？

3. Ich __trage__ heute eine Mütze. 我今天戴著一頂無邊沿的帽子。

4. Wir __tragen__ am liebsten Sportschuhe. 我們最愛穿運動鞋。

5. __Tragt__ ihr auch gern Sportschuhe? 你們也喜歡穿運動鞋嗎？

6. Warum __tragen__ die Kinder eine rote Kappe? 為什麼孩子們都戴著紅色的鴨舌帽？

Lektion 7

I. 練習：可分離動詞現在時態弱變化變形

auf / stehen　aus / machen　an / ziehen　ein / steigen　zu / schließen

ich	stehe auf	mache aus	ziehe an	steige ein	schließe zu
du	stehst auf	machst aus	ziehst an	steigst ein	schließst zu
er	steht auf	macht aus	zieht an	steigt ein	schließt zu
wir	stehen auf	machen aus	ziehen an	steigen ein	schließen zu
ihr	steht auf	macht aus	zieht an	steigt ein	schließt zu
Sie	stehen auf	machen aus	ziehen an	steigen ein	schließen zu

II. 鐘面時間日常口語的說法：

1. 9:08　　acht nach neun

2. 6:15　　ein Viertel nach sechs

3. 10:25　　fünf vor halbelf

4. 11:30　　halb zwölf

5. 12:55　　fünf vor eins

III. 重組造句：

1. auf / wachen, er, 7 Uhr, um .　　→ Er wacht um 7 Uhr auf. 他在7點醒來。
2. an / machen, du, die Lampe ?　　→ Machst du die Lampe an? 你開燈嗎？
3. auf / räumen, was, ihr ?　　　　→ Was räumt ihr auf? 你們整理什麼？
4. ein / laden, wollen, wir, Sara .　→ Wir wollen Sara einladen. 我們要邀請莎拉。

IV. 配配看：

1. Wann　　　　　　　(3)　a. fängt der Film im Fernsehen an?　-- Um 9 Uhr.
　　　　　　　　　　　　　　　電視影片幾點鐘開始？9點。

2. Wie spät　　　　　　(1)　b. geht ihr ins Kino?　-- Heute Abend.
　　　　　　　　　　　　　　　你們什麼時候去看電影？今天晚上。

3. Um wie viel Uhr　　(4)　c. bleibst du in Taipei?　-- Von Montag bis Freitag.
　　　　　　　　　　　　　　　你待在台北多久？從週一到週五。

4. Wie lange　　　　　(2)　d. ist es?　-- Es ist 8:35.
　　　　　　　　　　　　　　　現在幾點鐘？8點35分。

V. 將中文翻譯成德文：

1. 鬧鐘6點半響。

   Der Wecker klingelt um halb sieben.

2. 你一起去嗎？

   Kommst du mit?

3. 他沒興趣。

   Er hat keine Lust.

4. 我明天晚上有計畫。

   Ich habe morgen Abend etwas vor.

Lektion 8

I. 先閱讀租屋廣告，然後回答問題。

Anzeige:

2-Zi.-Whg. in Frankfurt, 32㎡, 700 €, 0176 / 70021225

1. Wie groß ist die Wohnung? 這公寓多大？

   Sie ist zweiunddreißig Quadratmeter groß. 它32平方公尺大。

2. Was kostet die Wohnung? 這公寓多少錢？

   Sie kostet siebenhundert Euro. 它要700歐元。

3. Wie viele Zimmer hat die Wohnung? 這公寓有幾個房間？

   Sie hat zwei Zimmer. 它有2個房間。

4. Wo liegt die Wohnung? 這公寓位於何處？

   Sie liegt in Frankfurt. 它在法蘭克福。

5. Wie ist die Telefonnummer? 電話號碼幾號？

   0176 / 70021225

II. 請將下列德文對話翻譯成中文。

A：Das ist das Wohnzimmer.

　　這是客廳。

B：Schön!

　　漂亮！

A：Es ist hell.

　　它很明亮。

B：Hört man die Straße?

　　聽得到街上的聲音嗎？

A：Nein, die Fenster sind neu und dicht.

　　不會，窗子是新的很緊密。

III. 重組句子：

1.　ist – laut – sehr – die Straße ?

　　→ Ist die Straße laut? 這條街吵嗎？

2.　gibt es – für das Auto – eine Garage ?

　　→ Gibt es eine Garage für das Auto? 有車庫嗎？

3.　haben – wir – ein Haustier – dürfen ?

　　→ Dürfen wir ein Haustier haben? 我們准許有寵物嗎？

4.　die Nachbarn – sind – nett ?

　　→ Sind die Nachbarn nett? 鄰居和善嗎？

5.　frei – wann – ist – die Wohnung ?

　　→ Wann ist die Wohnung frei? 這公寓什麼時候可租？

IV. 看圖說話：

1.　請用德文寫出或說出這公寓的房間。

　　（解答略）

2.　請用德文寫出或說出公寓裡的傢俱。

　　（解答略）

Lektion 9

I. 請將兒歌翻譯成德文。

der Kopf, die Schulter (die Schultern), das Knie (die Knie), der Zeh (die Zehen).

der Kopf, die Schulter (die Schultern), das Knie (die Knie), der Zeh (die Zehen).

das Auge (die Augen), das Ohr (die Ohren), die Nase und der Mund.

II. 你感冒了！請用德文寫出五種症狀。

Ich habe Kopfschmerzen.	我頭痛。
Ich habe Halsschmerzen.	我喉嚨痛。
Ich habe Fieber.	我發燒。
Ich huste.	我咳嗽。
Ich habe Schnupfen.	我流鼻水。
Ich habe Durchfall.	我腹瀉。

III. 請填寫 Akkusativ＋Dativ字尾變化：

	Akkusativ		Dativ	
der Arzt	den Arzt	einen Arzt	dem Arzt	(k)einem Arzt
das Kind	das Kind	ein Kind	dem Kind	(k)einem Kind
die Frau	die Frau	eine Frau	der Frau	(k)einer Frau
die Leute	die Leute	-- Leute	den Leuten	-- (keinen) Leuten

IV. 填寫對「du」和「ihr」的命令句。

	ihr	du
Waschen Sie die Kartoffeln.	Wascht die Kartoffeln.	Wasch die Kartoffeln.
Kochen Sie sie.	Kocht sie.	Koch sie.
Schälen Sie die Kartoffeln.	Schält die Kartoffeln.	Schäl die Kartoffeln.
Gießen Sie die Brühe.	Gießt die Brühe.	Gieß die Brühe.
Hacken Sie Petersilie klein.	Hackt Petersilie klein.	Hack Petersilie klein.
Geben Sie sie zu den Kartoffeln.	Gebt sie zu den Kartoffeln.	Gib sie zu den Kartoffeln.

Lektion 10

I. 填填看：wo? wohin?＋Akkusativ?＋Dativ?

1. Wohin gehst du? 你要去哪裡？

Ich gehe auf den Bahnhof. Ich möchte mit dem Zug fahren.
我去火車站。我想搭乘火車。

Ich gehe vor die U-Bahn-Station. Ich treffe meine Freundin.
我走到地鐵站前方。我遇見我女朋友。

Ich gehe in das Stadion. Ich möchte ein Fußballspiel sehen.
我走進體育館。我想看足球賽。

Ich gehe an die Bushaltestelle. Ich warte auf den Bus.
我走到公車站。我等公車。

Ich gehe in den Supermarkt. Ich möchte einkaufen.
我走進超級市場。我想採買。

2.　Wo　sind die Leute? 人們在哪裡？

Auf　der　Bank wechsle ich Geld. 我在銀行換錢。

Auf　der　Post schicke ich ein Paket. 我在郵局寄包裹。

In　dem　Kino sehe ich einen Film. 我在電影院看電影。

In　dem　Cafe trinke ich Kaffee. 我在咖啡館喝咖啡。

In　dem　Supermarkt kaufe ich ein. 我在超級市場採買。

II. 問路——請將中文翻譯成德文：

對不起，請問！我怎麼到火車站？

Entschuldigen Sie bitte! Wie komme ich zu dem Bahnhof?

III. 說明路徑——請將中文翻譯成德文：

您直走：Gehen Sie geradeaus.

然後向左轉：Dann gehen Sie links.

然後向右轉：Dann gehen Sie rechts.

IV. 填填看：aus、von、nach、zu、bei、mit？

1.　Sara kommt　aus　dem Hotel. 莎拉走出旅館。

2.　Sara geht schnell　zu　dem　Taxi. 莎拉快速走向計程車。

3.　Sie fährt　mit　dem Taxi. 她搭乘計程車。

4.　Sie fliegt　von　Hamburg　nach　München. 她從漢堡飛往慕尼黑。

5.　Sie geht　zu　Fuß　nach　Haus. 她步行回家。

6.　Sie arbeitet　bei　dem Reisebüro „Prima". 她在「普瑞瑪」旅行社工作。

7.　Zurzeit wohnt sie　bei　ihren Eltern. 她目前住在父母親那兒。

Lektion 11

I. 完成時態的結構：

1. 用 <u>haben</u> 或 <u>sein</u> 放置在動詞的位置，動詞變化成 <u>過去分詞</u> 放置於句尾。

2. <u>bleiben</u> 和 <u>sein</u> 兩個動詞一定要用「sein」結構完成時態。

3. 「不及物動詞＋具有 <u>行動移動</u> 之意義」，如：gehen等，要用「sein」結構完成時態。
   「 <u>不及物動詞</u> ＋具有狀況改變之意義」，如：aufwachen等，要用「sein」結構完成時態。

4. 過去分詞的變形，分為 <u>強</u> 、 <u>弱</u> 變化。 <u>弱</u> 變化依循規則變化。 <u>強</u> 變化則必須強記。

II. 請將「現在時態」改成「完成時態」：

Petra und ihr Freund haben eine Reise für zwei Wochen durch Taiwan gemacht.
佩特拉和她的男朋友遍遊台灣兩星期。

1. Sie sind im April von Taipei losgefahren.
   他們在4月從台北出發。

2. In Taipei hat die Sonne geschienen.
   在台北太陽照耀。

3. In Tainan hat es geregnet.
   在台南下雨了。

4. Sie haben dort Freunde besucht und die Stadt besichtigt.
   他們在那裡拜訪了朋友，也參觀了城市。

5. Abends haben sie auf dem Nachtmarkt Imbisse gegessen.
   晚上他們在夜市吃小吃。

6. Von Gaoxiong nach Kending haben sie den Bus genommen.
   他們搭乘公車從高雄到墾丁。

7. Dort haben sie drei Nächte in einem Hotel am Meer übernachtet.
   他們在一家海邊的旅館過了三夜。

8. Sie haben ein Sonnenbad genommen, gebadet und sind geschwommen.
   他們做日光浴、玩水、游泳。

9. Dann sind sie mit dem Zug nach Taidong gefahren.
   然後他們搭乘火車到台東。

10. Sie sind viel gewandert und haben viele Menschen kennengelernt.
    他們健行，並且結識許多人。

III. 請將「現在時態」改成「過去時態」：

1. War es warm? 天氣暖嗎？

2. Wo warst du? 你在哪裡？

3. Die Leute waren nett. 人們很和善。

4. Ich hatte einen Basketball. 我有一個籃球。

5. Hatten wir Spaß? 我們可有樂趣？

6. Was hattet ihr? 你們有什麼？

IV. 請將中文翻譯成德文（現在時態）：

1. 人們走進大自然。　Die Leute (die Menschen) gehen in die Natur.

2. 我野餐。　Ich mache Picknick.

3. 你露營。　Du campst (zeltest / machst Camping).

4. 人們待在家裡。　Die Leute (die Menschen) bleiben zu Haus.

5. 他玩電腦遊戲。　Er macht Computerspiele.

6. 我們整理房間。　Wir räumen die Zimmer auf.

7. 人們進城去。　Die Leute (die Menschen) gehen (fahren) in die Stadt.

8. 你們參觀博物館。　Ihr besichtigt das Museum.

9. 他們健行。　Sie wandern.

國家圖書館出版品預行編目資料

我的第一堂德語課 新版 / 徐麗姍著
-- 二版 -- 臺北市：瑞蘭國際, 2023.04
304面；19 × 26公分 --（外語學習系列；117）
ISBN：978-626-7274-26-2（平裝）
1.CST：德語 2.CST：讀本

805.28　　　　　　　　　112004735

外語學習系列 117

我的第一堂德語課 新版

作者｜徐麗姍
責任編輯｜葉仲芸、王愿琦
校對｜徐麗姍、葉仲芸、王愿琦

德語錄音｜徐麗姍、張國達、蔡嘉穎
錄音室｜純粹錄音後製有限公司
封面設計｜余佳憓、陳如琪
版型設計、內文排版｜陳如琪
美術插畫｜吳晨華

瑞蘭國際出版

董事長｜張暖彗・社長兼總編輯｜王愿琦
編輯部
副總編輯｜葉仲芸・主編｜潘治婷
設計部主任｜陳如琪
業務部
經理｜楊米琪・主任｜林湲洵・組長｜張毓庭

出版社｜瑞蘭國際有限公司・地址｜台北市大安區安和路一段104號7樓之一
電話｜(02)2700-4625・傳真｜(02)2700-4622・訂購專線｜(02)2700-4625
劃撥帳號｜19914152 瑞蘭國際有限公司
瑞蘭國際網路書城｜www.genki-japan.com.tw

法律顧問｜海灣國際法律事務所　呂錦峯律師

總經銷｜聯合發行股份有限公司・電話｜(02)2917-8022、2917-8042
傳真｜(02)2915-6275、2915-7212・印刷｜科億印刷股份有限公司
出版日期｜2023年04月初版1刷・定價｜520元・ISBN｜978-626-7274-26-2